LA PATIENCE DU BAOBAB

La collection *Mikrós littérature*
est dirigée par Marion Hennebert

Ouvrage édité par Manon Viard

© Éditions de l'Aube, 2018
et 2019, pour la présente édition
www.editionsdelaube.com

ISBN 978-2-8159-3329-2

Adrienne Yabouza

La patience du baobab

roman

éditions de l'aube

De la même auteure

Romans

Aux éditions de l'Aube
La pluie lave le ciel, l'Aube, 2019

Chez d'autres éditeurs
La défaite des mères, Oslo, 2008
Bangui… allowi, Oslo, 2009
Le bleu du ciel biani biani, Oslo, 2010
Co-épouses et co-veuves, Cauris, 2015

Albums jeunesse
Comme des oiseaux, Biboquet, 2015
Le rire du chien, Cauris, 2017
L'histoire du chasseur, Élan vert, 2017
Biaka sauvée !, Élan vert, 2018
Un amour de parapluie, Ganndal, 2018

À la demande de l'auteure, l'éditeur a choisi de conserver les « belles fautes » de son langage métissé par un français africain local, inventif dans son vocabulaire et jusque dans sa syntaxe.

La vie, c'est pas facile, les vivants savent ça et les morts n'ont pas oublié. La vie est probablement plus vivable si tu respires au-dessus du seuil de pauvreté, même si ceux qui ont la chemise, la cravate et la veste, et l'épiderme blanc, disent que l'argent ne fait pas le bonheur. Ils disent ça avec la langue bien droite, alors toi, avec tes deux oreilles grandes ouvertes, tu entends. Entendre, c'est gratuit, rire aussi. Bon, tu écoutes en toute impunité, tu comprends dix sur dix, et tu ris jaune de toutes tes dents sans rien payer.

Ici, il y en a qui ne connaissent pas le prix de la bassine de gozo[1] ; ailleurs, au Nord, dans les environs du château de Versailles par exemple, les mêmes ne connaissent pas le prix de la baguette de pain blanc.

C'est comme ça. C'est pas facile.

C'est la vie.

Amen. Inch Allah.

*

L'amour, c'est pas plus facile que le reste de la vie. C'est vérifiable à vingt ans ou plus, sous les tropiques comme

---

1. *Bouillie épaisse de manioc.*

7

autour du cercle arctique. Pas parce que c'est top chaud ici et top froid là-bas. C'est pas ça. C'est à cause des bâtons dans les roues, sous toutes les latitudes.

Trop gros ou trop maigre, ça peut être une cause de bâton dans les roues, comme trop intelligent, trop blanc, trop noir, trop zyeux bridés ou cheveux roux, blonds, crépus ; si en plus on compte les bâtons courbés ou à genoux dans l'ombre d'une religion, l'amour, c'est vraiment le parcours du combattant. Ce n'est pas tout, parce qu'il y a bien pire que la loi divine écrite sans fautes par Moïse sous la dictée. Pas tout du tout, puisqu'il faut se plier aux lois des hommes, affublées de décrets et règlements sans oublier les pièces justificatives nécessaires, les témoins de moralité à sponsoriser, plus le certificat de baptême à exhumer, le tout officialisé à coups de tampons encreurs plus efficaces que des gris-gris à poils, à plumes ou à écailles.

Pour deux gouttes d'eau, deux gouttes de sang ou deux gouttes de lait, l'amour, c'est pas facile dans la vie d'aujourd'hui. Alors si tu compliques en aimant le sang quand tu es lait ou le vice et versa de ça, c'est comme demander au sel d'être sucré, ni plus ni moins.

« Aimez-vous les uns les autres », répètent des naïfs. Facile à dire, parce que les autres, là, en plus, c'est jaloux et compagnie !

C'est comme ça de nos jours, partout : la tradition orale s'écrit à présent en langue officielle, sur papier timbré, par des fonctionnaires lèche-cul du Ministre Délégué aux Dictatures Passées et à Venir. Bref, c'est du grotesque tropical endémique pour la première moitié, du grotesque tropical colonial pour la deuxième moitié et du grotesque tombé d'une planète inconnue pour la troisième moitié.

1
Début

« Ambroisine se mariera le mois prochain, juste avant la saison des pluies ! »

La nouvelle avait très vite fait le tour du quartier Seïdou, parce que c'était une nouvelle extraordinaire, vraiment. Ambroisine, vingt-sept ans, presque vingt-huit, native de la Lobaye et vivant à Bangui, allait se marier avec un Blanc de France âgé exactement de vingt-deux ans. Un Blanc de Dijon pas plus fier que ça d'être bourguignon et heureux comme tout d'épouser une belle fille fessue couleur café.

Vingt-deux ans, comme moi. J'aurais aussi bien pu le rencontrer.

Ambroisine, c'est une amie. Elle fréquente l'église catholique, alors que moi je prie à la mosquée de Lakouanga. Je suis son invitée pour la fête de Noël, elle est mon invitée pour la *tabaski*[1].

---

1. C'est, en Afrique de l'Ouest et en Afrique centrale, la fête du mouton, qui commémore le sacrifice d'Abraham (Aïd el-kébir) de la religion musulmane.

C'est comme ça. Ça fait presque dix ans qu'on se connaît ! C'est facile de s'en souvenir, c'est juste avant l'entrée triomphale, avec armes et bagages (armes surtout !), de Boz Yangouvonda à Bangui, qu'on s'est parlé pour la première fois. Elle vendait du crédit pour Télécel à cette époque. C'était avant qu'elle suive sa formation en fraude électorale pour le parti du président Boz, le *Kwa Na Kwa* (« le travail, rien que le travail ! »), avant qu'elle devienne assez riche, donc. Son Blanc là, elle l'a connu lors des élections présidentielles, comme quoi ça peut servir à quelque chose de suivre une formation et d'organiser des élections. Il était là, dans notre capitale, au titre de l'Union des coopératives avicoles de France, l'UCAF, pour apprendre aux paysans-éleveurs des rives de l'Oubangui à produire des poulets blancs à grande échelle. Blancs et à grande échelle, vraiment ! C'est un spécialiste sorti diplômé du lycée agricole français Félix-Kir.

Il aurait pu se choisir une Africaine en France ou en Belgique, ça ne manque pas là-bas. À Paris, c'est toute l'Afrique ou presque que tu peux croiser ; à Bruxelles, c'est principalement des Zaïroises. L'amour n'a pas de frontières de nos jours, et encore moins de nos nuits. Déjà les colons et les militaires avaient découvert ça, aussi les *moundjou gozo*[1] de tous les âges ne manquent pas à Bangui.

---

1. Métis né d'une femme centrafricaine et d'un Blanc, littéralement « Blanc mangeur de manioc ».

Aujourd'hui, si je vois assez souvent Ambroisine, c'est pas seulement parce que c'est moi qui la tresse, c'est pour l'informatique en plus. Elle possède un ordinateur. Elle m'a déjà appris à m'en servir à fond et donc à me brancher sur les réseaux sociaux, pour avoir des amis. Les réseaux sociaux, ça complète mes cours du GSPI – Groupe scolaire préparatoire international – où je fréquente[1] pour la dernière année. Les réseaux, c'est excellent pour l'éducation générale.

*

Ambroisine habite pas loin du bar Nzété. J'y arrive.

« Ma sœur, c'est comment ?

— Aïssatou, ça va.

— Radio kéké[2] a fait savoir la nouvelle. Avant ce soir toute la ville sera informée. Beaucoup ne vont pas y croire…

— C'est vrai. Moi-même j'ai du mal à y croire !

— C'est décidé alors, tu as fini avec les Noirs, c'est seulement les Blancs qui t'intéressent ?

— C'est décidé dans ma tête, dans mon cœur, et même là ! »

---

1. En République centrafricaine, et plus largement en Afrique, « fréquenter », sans autre indication, veut dire : « aller à l'école ».
2. Équivalent de « radio-trottoir ».

13

En précisant « même là », Ambroisine se pose les mains sur les fesses et elle arrose ses paroles d'un rire si fort que toute sa personne en est ébranlée.

« Aïssatou, j'ai besoin que tu m'aides. Je dois tout préparer. Pierre m'envoie le début de l'argent aujourd'hui par Western.

— Pierre ?

— Il s'appelle Pierre, non ? Et c'est lui qui paie tout… La robe, la bénédiction à la cathédrale, les papiers de la mairie, le vin d'honneur et le repas.

— Un Blanc qui a l'argent… Tu as payé un *nganga*[1] pour gagner ça ou quoi ?

— Aïssatou, pour l'amour, une belle fille n'a pas besoin de *nganga*, n'oublie pas ça. »

Elles s'assoient l'une et l'autre sur un *barimbo*[2], et là, dans la cour à l'ombre du manguier, elles commencent à préparer le mariage concrètement et à le rêver. Aïssatou sera demoiselle d'honneur, comme la petite sœur d'Ambroisine. Ses grandes sœurs mariées seront simplement près d'elle.

Avant de quitter son amie, Aïssatou lui demande :

« Tu vas devenir une Française, avec des papiers et du *J'adore* sur tout le corps ?

---

1. Féticheur, guérisseur traditionnel.
2. Tabouret rond traditionnel.

— Oui, mais pas tout de suite. Quand le mariage sera traduit en français de France par l'ambassade et leur ministère, j'aurai mon visa pour partir, mais je devrai attendre un peu pour être une vraie Française.

— Un peu ?

— Oui. Un peu seulement. Trois ou quatre ans. J'aurai déjà eu trois ou quatre enfants, même plus si je fais des jumeaux.

— Tu vas chanter *Allons enfants de la Patrie* en faisant l'amour…

— Pourquoi pas ? Mais peut-être que lui chantera *Bêafrïka, mbeso tî abantu*…

En retournant à pied chez elle, à Lakouanga, Aïssatou dans sa tête faisait le tour de la France : Paris, la tour Eiffel, la Vache qui rit, le métro…

Ce soir-là, comme tous les soirs, il y eut la coupure, et dans chaque cour les petites flammèches des lampes se mirent à trembloter. C'était bien pour Aïssatou qui ne voulait pas que ses sœurs, une fois de plus, la voient seule avec elle-même et la questionnent sur ses rêves.

La paupière de la nuit, ici, a l'habitude de cacher la misère du monde. Aïssatou pensa : *Ambroisine et Pierre, ils vont se dire* hey biani biani[1]…

---

1.   Oui, pour toujours.

Elle mit beaucoup de temps à s'endormir sur sa mousse, enroulée dans un vieux pagne. Dans le grand lit de la chambre, pas loin d'elle, ses sœurs Khadidja et Mariama dormaient depuis longtemps, à peine à moitié couvertes d'un tee-shirt comme s'il n'y avait rien à craindre des moustiques ! De l'autre côté de la cloison, leur maman était serrée au milieu des deux petits garçons, les fils des deux sœurs, Amara et Djibril.

2
Mariage

L'amour, ça peut faire courir aussi vite que la diarrhée ! Une preuve de plus de ça, c'est que le mariage a lieu après après-demain. C'est officiel. Pas de temps perdu, et tant pis pour ceux qui, au Nord, veulent laisser du temps au temps. Pierre arrive sur le vol d'Air France avec des amis et sa famille. Côté amis, il y a deux hommes et une femme, côté famille, son père et sa mère. Son père et sa mère, ça c'est bon signe. Ça veut dire que pour lui, son mariage, c'est sérieux. Ses parents ne connaissent rien à l'Afrique, c'est des ruraux, ils habitent un village. Sa mère est institutrice, son père est vendeur spécialisé chez Bât-Mat. On peut lui acheter tout le nécessaire pour construire sa maison, il paraît. Il aura peut-être mis dans ses bagages, en soute, quelques belles tôles ondulées ? Si c'est le cas, il va se faire aimer, parce que ici, à Seïdou comme à Lakouanga, il y a de nombreuses toitures malades de la rouille. Tellement malades qu'elles laissent passer la pluie sans résister.

Le marié et sa délégation de France logeront au National Hôtel, c'est pas cher et c'est pas loin de chez Ambroisine. Je m'en suis occupée. Si tu es du pays et que tu réserves, c'est mieux. Tu as un prix pays. Si tu débarques et que tu es Blanc, tu as un prix blanc un peu et beaucoup multiplié.

Pour l'instant, c'est de l'énervement. Moi-même, je me suis fait coudre. C'est Ambroisine qui a payé le pagne et qui paiera la couture, vu que moi je n'ai même pas assez de monnaie pour m'acheter des garnitures. J'ai prévenu ma styliste du quartier, je lui ai répété que le modèle de ma robe devait être unique. Elle a posé sa question :

« Pourquoi ça, Aïssatou ? »

J'aurais pu répondre « parce que dans mon genre je suis unique et je veux le rester », mais non, j'ai dit la vérité :

« Tous les invités des deux sexes vont aller au Km5 acheter le même pagne que moi, bleu à fleurs. On va tous se ressembler dans notre uniforme. Moi je veux me distinguer et pas seulement avec mes faux cils, mes faux ongles et mes cheveux lisses *made in China*.

— Aïssatou, tu es belle, tu as assez de formes pour te distinguer.

— Tu me trouves en formes ?

— Ça ! »

Je me suis occupée du repas de mariage, qui sera préparé par les cousines d'Ambroisine et dégusté dans la concession de ses parents. J'ai loué les chaises et les tables. Un petit repas, trente personnes officiellement – donc j'ai prévu cinquante couverts parce qu'il y a toujours les impondérables, et les impondérables ça mange beaucoup. Heureusement qu'il y a internet pour se mettre d'accord. Internet ça abolit les distances et j'ai négocié le menu et la dépense par personne directement avec Pierre. Deux entrées, deux grillades, deux plats au choix, soit *yabanda*[1] ou *ngoudja*[2], et en accompagnement riz gras et *yorongo fondo*[3], plus gâteau à l'ananas pour le dessert. Le gâteau viendra de chez Phénicia, c'était plus simple de l'acheter là-bas. Un peu de bière locale, un peu de vin de France, et du *gbako*[4] bien sûr.

Pierre sait ce qu'il veut, et ce qu'il veut, c'est Ambroisine. Pour le reste, il a dit : « Restons simples et de bon goût. »

---

1. Plat de poisson fumé (le plus souvent) et de feuilles *koko*.
2. Plat à base de feuilles de manioc hachées, très connu et très apprécié. On le connaît au Congo sous le nom de *saka saka*.
3. Banane plantain frite (*aloko*, en Afrique de l'Ouest)
4. Alcool de manioc fermenté.

Je ne lui en veux pas, c'est un Blanc et il ne connaît pas les traditions africaines. Pourtant, pour Ambroisine, ça aurait été mieux s'il avait loué une Mercedes blanche pour la journée, ou un quatre-quatre Patrol. Mais il a dit non. Il a ajouté : « On va se remarier… Enfin, on fera une fête en France quand Ambroisine arrivera et ça fera des frais supplémentaires. Je dois tout mesurer. »

Mesurer ? Ça c'est blanc. Qui d'autre qu'un Blanc saurait mesurer l'amour ? Il va avoir de quoi mesurer avec Ambroisine, parce que le soir de leurs noces, il va partir du kilomètre zéro et le lendemain à l'aube il aura déjà dépassé le kilomètre mille !

Mais Pierre, c'est un Blanc qui sait se renseigner quand même. Il a payé la dot, rien à dire, c'est tout très bien. Ses père et mère vont certainement apporter des cadeaux de France, en plus, qui s'ajouteront aux pagnes en bazin riche, aux marmites, aux lampes-tempête, aux draps, au café, au sucre, au manioc et aux billets de banque. Pierre aurait donné trois cent cinquante mille francs. Des francs africains, des CFA. C'est moins que des francs suisses, répètent les jaloux, mais quand même, c'est bien.

Oui, ils arrivent tout à l'heure, sur le vol d'Air France. C'est plus cher que la RAM[1] mais c'est direct. On a prévu deux taxis pour les accueillir. Les

---

1. Royal Air Maroc.

taximen, Ambroisine et moi on leur a fait la leçon. On a expliqué que ce serait des personnalités qu'ils allaient transporter et que s'ils roulaient bien – surtout pas trop vite –, on ferait encore appel à eux et pas seulement le jour du mariage.

Bangui Mpoko, l'aéroport, il faut bien l'avouer, c'est pas ça. C'est trop petit, ça ne fait pas international, et les militaires qui contrôlent les valises ne savent pas comment ça se passe dans le reste du monde. Ils chamboulent tout mais en fait ne vérifient rien. Ils cherchent l'argent, comme tout le monde dans le pays, et si tu sais payer un peu ou plus, tu peux passer vite fait comme un *kota zo*[1] qui revient de Paris, de Londres ou de New York chaque semaine.

J'ai donné cinq mille et cinq mille à deux porteurs pour qu'ils prennent en charge la famille et les amis dès la salle des bagages. J'ai promis deux autres petits billets si tout se passe bien. Espérons.

« Aïssatou, mets ta main là. »

Ambroisine, avant que je réalise, prend ma main droite et se la pose sur le sein gauche. Un vrai sein de princesse, gros, long et dur.

« Tu sens ça ?

— Quoi ?

— Mon cœur qui bat !

---

1. Cadre, haut fonctionnaire, et… tout personnage important.

— Heureusement qu'il bat. Tu es vivante, non ?

— Je suis trop vivante même. Il bat à toute vitesse comme pour battre un record.

— Le record de l'amour, c'est possible ça. Mais, Ambroisine, t'es pas la seule dans le monde à aimer et à être aimée. Heureusement quand même, non ?

— Je ne sais pas, mais j'en tremble de le retrouver. Et son papa et sa maman… Je suis leur fille à présent.

— Tu es leur fille, c'est ça, c'est Allah le Miséricordieux qui a voulu ça !

— Il m'aime, Aïssatou, et il revient pour m'épouser. Vraiment, Dieu est grand, oui. »

*

C'était la bordellerie ordinaire à l'aéroport. Question de connaître vite fait l'Afrique mystérieuse, difficile de trouver mieux que notre aéroport. Bangui M'Poko, c'est du concentré.

« J'espère qu'ils ne vont pas avoir peur et qu'ils vont sortir de là sains et saufs.

— C'est chez nous, Ambroisine. C'est l'Afrique. T'es une Africaine comme moi. On va les rassurer. »

On avait choisi d'être seulement toutes les deux pour l'accueil. Les vieux parents d'Ambroisine attendront demain matin pour rencontrer les parents du mari de leur fille. C'est les étrangers qui viendront tranquillement faire une visite de courtoisie pour que tous les nouveaux parents se connaissent.

L'avion s'était posé depuis plus d'une demi-heure et les premiers voyageurs quittaient l'aéroport.

Le soir arrivait et avant que le dernier des passagers ne sorte, la nuit serait là. Il se passa encore trente ou quarante minutes avant que je sente la main d'Ambroisine me serrer le poignet et que j'entende sa voix murmurer :

« Le voilà… Là, les voilà. »

Pierre ouvrait la marche. Il était en terrain connu, lui. Il surveillait d'un œil les deux bagagistes et de l'autre il cherchait sa chérie dans la foule. Juste derrière lui, ses parents étaient reconnaissables. Ils restaient collés l'un à l'autre comme s'ils avaient peur de se perdre. Avec eux, un couple et un homme. Ces trois-là tournaient la tête de tous les côtés, comme pour découvrir en un instant toute l'Afrique qu'ils avaient vue à la télévision, l'Afrique des Blancs, couleurs safari et couleurs sable du désert, les mêmes que les dunes dorées de leurs vacances au bord de la mer. Et voilà qu'ils tombaient dans l'Afrique des Noirs, la vraie Afrique criarde que personne n'avait désinfectée pour leurs yeux et leurs narines. L'Afrique avec ses taxis pourris jusqu'à la moelle, qui offrent mille gaz de pots d'échappement en lieu et place des senteurs d'oasis lointaines.

La délégation française avec futur marié, papa et maman plus les trois amis de la famille avait décidé que tout serait beau et bien à Bangui. Alors, ils trouvèrent tout beau et tout bien. Ouf. Il faut dire qu'au milieu de toutes ces émotions, Ambroisine, de la tête aux pieds, occupait avec sa beauté naturelle tout l'espace. Et elle ne fit aucune fausse note. Quand les parents de Pierre s'avancèrent vers elle, avant même que Pierre ne l'embrasse, elle les prit tour à tour dans ses bras et leur fit la bise avec premièrement un « bonjour maman » et deuxièmement un « bonjour papa ».

Je m'occupai des porteurs qui traînaient deux chariots de bagages, surchargés plus encore que n'importe quel taxi-brousse, et je les menai vers nos deux taxis réservés.

Après les premières présentations, Ambroisine me désigna moi et précisa : « C'est ma meilleure amie, disponible pour régler n'importe quel problème qui surgirait pour l'un ou l'autre le temps de votre séjour. »

Heureusement que ma mémoire a de l'entraînement ! Je retins tout du premier coup, soit que le père et la mère se prénommaient Émile et Marie-Hélène – ce qui faisait Milo et Marilène pour les intimes, dont je fis immédiatement partie. Le couple, c'était Emma et Jules, des amis d'enfance et d'école de Pierre. Ils vivaient ensemble depuis deux ans. Le beau garçon seul avec sa casquette bleue et blanche plus maillot aux mêmes couleurs de l'AJ Auxerre, c'était Rémi. J'appris tout de suite que ce n'était pas un fouteboleur malgré l'apparence, mais un boxeur, un poids moyen. Il était heureux d'accompagner son meilleur ami pour être le témoin de son mariage, parce que venant au cœur de l'Afrique, il marchait sur les traces de Georges Foreman et de Mohamed Ali qui s'y affrontèrent pour le combat du siècle. *Ali boum yé…* Il connaissait la chanson, mais il se trompait de capitale, Bangui la Coquette n'étant que la toute petite sœur de Kinshasa.

Tout ce détail concernant Rémi, je l'appris dans le taxi numéro un qui nous menait vers le National Hôtel. Il y avait Rémi, donc, assis devant près du taximan, et à l'arrière j'étais entre Emma et Jules. Dans le taxi numéro deux, nous suivaient Ambroisine, son chéri et les parents de son chéri.

Je laissai tout ce beau monde s'installer. J'imagine facilement les premiers gestes d'Ambroisine et de Pierre quand ils se retrouvèrent seuls derrière la porte fermée de la chambre. Inutile que je précise qu'ils prirent leur douche ensemble, vite fait.

Pendant qu'ils étaient tous sous l'eau pour se rafraîchir, je vérifiai que le petit repas prévu serait servi à l'heure. Pas de problème. J'avais bien joué mon rôle jusqu'à présent, tellement bien que je me sentais prête à solliciter la présidence pour devenir chef du protocole ou réceptionniste en chef des hôtes étrangers.

J'étais seule, là, à attendre. D'un coup, après l'exci-
tation de l'aéroport, je me sentis un peu vide, un peu
triste. Pourquoi ? Tout allait bien. Je n'étais pas plus
pauvre qu'hier. Pas malade. C'était quoi ? Je me suis
levée pour marcher un peu. Marcher, c'est bon pour
la circulation du sang. Je ne voulais pas laisser mon
corps et ma tête prendre le pouvoir sur moi-même.
J'eus le temps de faire quelques pas seulement. Je
m'entendis interpeller. C'était Rémi. Il n'avait plus de
maillot de foot, plus de casquette. Il était simplement
en bermuda bleu avec un tee-shirt blanc.

« Aïssatou, merci encore pour l'accueil. C'est la
première fois que je mets le nez en Afrique. Je m'en
souviendrai, crois-moi.

— De quoi ? De l'accueil ? De ton arrivée en
général ?

— De l'arrivée en général parce que pour récupé-
rer sa valise, c'est pas si simple, il faut être costaud !
Mais après ça, tu étais là et tout était bien.

— Vraiment ?

— Oui. Pierre n'a pas pris le temps de te compli-
menter parce qu'il avait son Ambroisine qui l'attendait et qu'il était impatient de la retrouver. Moi, c'est
toi que j'ai vue la première.

— Tu m'as vue ?

— Oui, Pierre m'avait dit "Ambroisine, c'est la
plus belle de la ville", et quand il a presque crié "elle
est là, là-bas", j'ai regardé, et c'est toi que j'ai repérée.

— Tu m'as repérée… moi.
— Toi. Pas une autre. Toi. Exactement.
— Exactement ? »

Je suis restée avec eux tous pour manger. Ils étaient fatigués mais heureux d'être là. Ambroisine était assise près de son chéri, en face de ses nouveaux parents. J'étais près d'elle et de l'autre côté de moi, devinez qui s'était placé là… Rémi. Il me serrait de près depuis son arrivée. Pas besoin d'une longue explication en *sango*[1] ou en français pour comprendre ce que ça voulait dire. Il faut croire que l'attirance, c'est tout pareil en Europe qu'en Afrique. Emma et Jules, qui s'étaient placés en bout de table, remarquèrent tout de suite la géographie du groupe. Emma dit, en se moquant un peu : « Rémi, si tu es trop serré près d'Aïssatou, tu peux changer de place avec moi. »

Il ne répondit pas. Il se trouvait bien, près de moi…

*

Cette nuit-là, si j'avais posé ma mousse dans la cour, j'aurais eu le temps de compter les étoiles du ciel avant de m'endormir. J'étais énervée. Est-ce que

---

1.   Langue nationale de Centrafrique, parlée par tous.

moi aussi je pouvais avoir la chance d'être aimée par un Français ? D'aller là-bas, en France, vivre normalement ? Faire une formation ? Manger au moins une fois par jour, et ne plus avoir besoin de tricher avec la faim ?

*

Les jours se suivent et quelquefois se ressemblent, mais ce n'est pas toujours vrai. Aujourd'hui, je regrette de ne pas avoir tout noté, aube après aube, soir après soir, pour ne pas oublier.

L'avant-mariage s'est bien passé. Les parents d'Ambroisine ont reçu des petits cadeaux. Milo a offert deux bouteilles de vin, du bon, a-t-il précisé : « Un pommard et un pouilly-fuissé ; c'est ce que les Français font de mieux… le vin ! »

Milo a dit cela en lançant un coup d'œil au vieil Arthur, qui a remercié en serrant les bouteilles dans ses bras. Eugénie, la maman d'Ambroisine, eut un flacon d'eau de parfum *Kenzo Jungle*, pas moins.

J'ai emmené Emma et Jules, plus bien sûr Rémi, passer une journée à Boali. On a laissé Pierre et Ambroisine à leurs occupations obligées. Le mariage était pour le lendemain et ils avaient beaucoup à faire. À Boali, les chutes ou le pont tressé sur un seul câble, c'est de l'exotisme, alors ça leur a plu. On a même mangé du serpent boa pour les uns et du caïman pour les autres. Un repas pareil, ça fait des choses pittoresques à raconter aux amis en France, pour une année. En revenant, pendant une heure de route, Rémi a serré ma petite main dans la sienne. On a roulé presque en silence, heureusement. J'avais vraiment rien à dire aux autres. Parler avec moi-même, sans ouvrir la bouche, ça me suffisait.

C'est ce soir-là, alors qu'il faisait presque nuit, que Rémi m'a prise dans ses bras, comme pour vérifier si j'étais complète, avec une tête, deux mains, deux jambes et tout le reste qui compte encore plus pour l'amour. Il m'a embrassée et il a recommencé encore et encore ! Je l'ai laissé faire et je l'ai fait aussi, par politesse et de bon cœur, yeux fermés, sans même me rendre compte qu'il était tout blanc. Sans y penser.

Il m'avait seulement embrassée de tous les côtés, mais j'étais certainement aussi énervée qu'Ambroisine qui se mariait le lendemain.

Là, j'étais seule. Allongée sur ma mousse, une fois de plus, et dans la cour pour être tranquille. Je ne dormais pas. J'avais fermé mon téléphone. Je rêvais, et quand on rêve les yeux grands ouverts dans la nuit, c'est pire.

Quand j'entendis le premier appel à la prière, je n'eus aucun mal à me réveiller complètement. Pourtant, c'est à peine si je m'étais enfin endormie.

C'était un jour comme les autres pour beaucoup, mais pour Ambroisine, c'était le Grand Jour, "le jour J", disent les *moundjous*[1], grand jour donc pour moi aussi.

C'était Khadi, ma grande sœur, qui m'avait tressée.

Je suis allée chercher l'eau et j'ai porté le seau à la main. Dans la cour, je me suis lavée tranquillement. C'était agréable. L'eau fraîche caressait mon corps et c'était comme si elle me répétait « je t'aime ».

De son côté, ma mère a allumé le feu et vite l'eau a commencé à chauffer dans la casserole : chicorée pour elle, Nescao bien sucré pour moi. On était seulement toutes les deux et on a mangé un reste de riz. Mes sœurs et leurs enfants dormaient toujours.

Le quartier se réveillait à peine. On entendait aussi bien les musulmans qui avaient déjà prié que les catholiques ou les apostoliques qui, après avoir discuté avec saint Antoine, allaient peut-être à la recherche de leur temps perdu.

« Tu vas te faire belle, ma fille !

— *N'na*, ils disent que je suis belle toujours…

— Qui dit ça ?

— La couturière… Et Ambroisine, et même les Blancs qui sont arrivés.

— Hum… Est-ce qu'un Blanc présentement sait dire la vérité ?

---

1. Hommes blancs.

— Oui, les Blancs savent dire ça. Pierre qui marie Ambroisine, il l'aime, il le lui a dit et c'est la vérité.

— Hum… Ce Pierre, là, c'est pas tous les Blancs ! »

Elle prit son éponge pour se laver. Moi, j'allai chercher ma robe et mes chaussures. C'est le petit bénéfice que j'ai fait sur les frais d'organisation qui a payé mes chaussures. Je les ai achetées à la friperie. Là, c'est plus cher, c'est que du griffé ! J'ai choisi des sandales noires. Des sandales qui enveloppent les pieds avec des fines lanières de cuir lisse et souple. La marque : Bronx. Ça vient de chez Obama, de Nouillorque. Peut-être qu'il a offert la même paire à sa Michelle !

*

Le mariage ne se tiendra pas à la mairie de Bangui, qui est en réparation, mais dans la salle municipale du jardin du 50tenaire, à Lakouanga. Le taxi est là, il m'attend comme convenu.

Heureusement, je suis à l'aise dans ma robe parce que la journée va être longue et sportive. J'ai des responsabilités. C'est un peu comme si j'étais le chef du mariage et pas seulement le premier témoin d'Ambroisine.

Le taximan a mis une chemise bleue et noué une cravate aussi jaune que le soleil. Bien. Il a compris que pour la journée, il va être chauffeur de première classe. Pour commencer, direction la concession d'Ambroisine, je dois constater qu'elle est toujours vivante après les émotions qui ont pénétré son corps depuis l'arrivée de Pierre, constater qu'elle est toujours prête à se marier.

Je laisse le chauffeur écouter les informations sur Ndéké Luka[1] et j'entre chez elle comme chez moi. Elle est là, complètement vivante, et ses sœurs finissent de l'habiller. Quelle robe ! Ça !

« Ma sœur, ta robe, là, c'est du à peine croyable ! Même Chantal Biya[2] n'était pas aussi belle le jour de son mariage. »

Elle n'ose pas bouger. Ses deux sœurs fixent des brillants sur sa perruque à cheveux longs et bouclés. Je me mets à rire.

« Aïssatou, c'est quoi ?

— C'est que… ton Pierre, là, il va faire comment pour te déshabiller ? Ta robe, c'est combien de tours de dentelles ?

— Ça ira, me déshabiller, il sait faire ça, crois-moi… »

J'ai ri, mais elle était très belle. Ses gros seins s'imposaient, la robe les offrait, mais sans trop les

---

1. Littéralement, « L'oiseau voyageur ». Nom d'une radio très écoutée à Bangui.
2. Seconde épouse du président du Cameroun, Paul Biya.

montrer. Et puis, autour de son cou, un collier de perles blanches laissait deux perles tomber à la naissance de ses seins justement, comme s'ils voulaient jouer les curieux… Elle portait un voile sur l'arrière de la tête. Il flottait avec légèreté sur ses épaules. Elle enfila devant moi des gants en dentelle qui montaient comme des manchettes presque jusqu'à ses coudes. Un parent commença à prendre des photos.

Il faisait chaud, je bus un jus bien frais. Ambroisine lança :

« J'ai soif moi aussi, je veux un jus. Pamplemousse pour moi. »

J'intervins :

« Ambroisine, il ne faut pas trop boire. Tu sais ça ?

— Mais pourquoi, puisque j'ai soif ?

— Boire ça fait pisser, et comment tu vas pisser avec cette robe kilométrique qui descend jusqu'à tes pieds ? »

Elle baissa la tête et constata qu'elle ne voyait pas ses pieds.

« Tu as raison, mais j'ai soif. Je veux boire. Tu m'aideras pour pisser si besoin, tu tiendras ma robe levée. Je ne vais pas mettre de culotte. Celle que j'ai, viens, aide-moi à la retirer. »

Je dus presque me glisser sous sa robe pour l'aider à retirer sa culotte. Elle n'y serait pas parvenue seule. Quand ce fut fait, nous avons éclaté de rire.

Le vieil Arthur et la vieille Eugénie se préparaient de leur côté.

« Ambroisine, puisque tout va bien, je te laisse. Je dois aller chercher le marié et les autres, et les amener ici, avec le pick-up.

— Vas-y. »

Je retrouvai le taximan, qui fonça dès que j'eus posé mes fesses sur le siège. Il savait où aller, je le lui avais déjà dit. C'était un as du volant, capable, m'avait-il précisé, de réparer n'importe quelle panne. En changeant de vitesse, il me glissa à l'oreille :

« Moi, je ne suis pas marié, mais j'ai une femme que je veux garder jusqu'au bout de ma jeunesse et après, jusqu'au bout de ma vieillesse.

— Vraiment ?

— Oui. C'est comme ça. À chacun sa chance, et la chance je l'ai eue. »

Quand nous arrivâmes au National Hôtel, je vis Rémi juste devant. Il surveillait à droite, à gauche et devant et derrière. J'étais à peine descendue du taxi qu'il se précipita pour m'enfermer dans ses bras. Comme ça, là. Il me fit prisonnière.

« Rémi, tu fais quoi ? »

Je craignais que quelqu'un vienne avec violence à mon secours parce que c'était pas moins qu'une agression en pleine rue, en plein jour.

J'articulai :

« Rémi… Mais tu me bagarres ou quoi…

— Oui, exactement. Tu es ma prisonnière d'amour. Je ne peux pas attendre. L'amour, c'est comme ça. Aïssatou, je dois te parler. Tout de suite. C'est urgent, c'est une question de vie ou de mort. »

Je me mis à trembler dès qu'il me libéra, mais je réussis à faire deux pas vers le taxi, sur lequel je m'appuyai. Le taximan me regardait en souriant.

Rémi, sans même me laisser dire un seul mot, partit dans un discours qu'il prononça avec une rapidité surprenante. C'était une déclaration TGV qu'il me faisait, en langue française et avec des gestes en plus. C'était difficile pour moi de tout retenir, de bien comprendre, mais je compris quand même, sauf les nuances. Mais est-ce qu'il y en avait, des nuances ? Pas sûr. Comme un illuminé, comme un enchanteur, comme un *nganga* qui se serait trop dopé au *gbako*, il débita une déclaration d'amour-toujours qui disait à peu près : « Aïssatou, avant d'avoir réfléchi, j'ai senti que je t'aimais à fond ; après avoir réfléchi, j'ai compris que c'était de l'amour pur et dur, du pour toujours, pas moins ! Aïssatou, je vais repartir en France après-demain, soit dans quarante-huit heures chrono. Ça ne fait pas beaucoup de temps pour se comprendre et tout se dire. Je suis KO d'amour. Il faut que tu me dises si tu m'aimes de ton côté, si tu veux vivre avec moi huit rounds, c'est-à-dire jusqu'à la fin de ta vie et de ma vie. Si oui, on arrête tout et je reviens ici même pour t'épouser. Aïssatou, je ne t'ai pas choisie comme ça au hasard parce que tu es belle, non. C'est plus grave. Tu t'es imposée dans mon cœur comme un uppercut qui change la vie. Aïssatou, tu as changé ma vie. »

Autour, tout autour de moi et de nous, la vie de Bangui, elle, continuait comme si de rien n'était. Les manguiers poussiéreux étaient, comme hier, hautains, sûrs d'eux, et ne prêtaient aucune attention à ce qui se passait là dans l'avenue, devant le National Hôtel, à leur pied.

« Aïssatou, tu m'as compris ?

— Je crois.

— C'est bien. Tu dis quoi ? Es-tu d'accord pour être ma femme et la femme de ma vie ? »

Il me posait là à peu près les questions que le maire de l'arrondissement allait poser tout à l'heure à Ambroisine.

« Je suis presque d'accord, Rémi, mais il faut quand même qu'on se parle un peu, pour en savoir un peu plus l'un sur l'autre.

— C'est vrai. Je vais te parler toute la journée et toute la nuit, et toi aussi tu vas me parler.

— Rémi, je dois aller. Il faut que je m'occupe en détail du mariage d'Ambroisine et de Pierre. Je suis la cheffe du mariage, tu sais ça, non ? »

À ce moment-là débarquèrent sur l'avenue Emma et Jules. Elle portait une petite robe rose à bretelles, assez courte, et lui un pantalon noir et une chemisette rouge éclatant. Tellement rouge qu'on pouvait croire qu'il avait sacrifié un poulet et trempé sa chemise dans le sang.

« Vous avez bien dormi ? Pas trop de moustiques ?

— Bien dormi, la moustiquaire est une bonne cachette, les moustiques ne nous ont pas trouvés », me répondit Jules.

Emma me glissa à l'oreille : « C'est la première fois que je fais l'amour sous une moustiquaire. Ça m'a fait de l'effet ! »

Je questionnai :

« Le marié, il est prêt ?

— Oui, il est prêt. Il attend. Il a déjà téléphoné deux ou trois fois à Ambroisine. Ses parents sont avec lui, ils sont tous sur leur trente et un.

— Leur trente et un ? C'est quoi, ça ?

— Ils se sont faits beaux. Ils sont habillés de neuf, lui élégant comme le prince Charles, elle élégante comme Camilla ».

Le prince Charles ? Camilla ? Ceux-là étaient des inconnus pour moi, mais ils étaient probablement très bien. Enfin, je pénétrai dans l'hôtel. Ils m'attendaient. J'avais mon monde et j'avais vu le pick-up de location se garer devant le taxi, un pick-up double cabine.

Après avoir embrassé le futur marié, et son père et sa mère, à la mode française, trois fois sur les deux joues, je les invitai à me suivre. Ils étaient vraiment bien habillés, avec une certaine discrétion, pas du tout comme des sapeurs qui font les clowns. Le marié avait un costume gris et en regardant de près, on pouvait distinguer des carreaux sur le tissu, un tissu prince-de-galles on dit. Chemise blanche et cravate gris-bleu. Pas mal. La maman avait une belle robe blanche et noire, en fait une robe noire avec des fleurs blanches imprimées. Un vrai métissage. Bien. Le papa, un costume beige léger et une chemise bleue, col ouvert, pour mieux respirer sans doute.

Sans perdre de temps, j'installai tout ce beau monde dans le pick-up. Le futur marié près du chauffeur, et ses parents derrière dans la cabine. Les autres et moi, nous nous installâmes dans le taxi. Emma devant, moi à l'arrière entre Rémi et Jules. Rémi me serrait de près une fois de plus et il me tenait la main une fois de plus : il avait peur que je m'envole, sans doute, comme un *kaya*[1] ou un *koukoulou*[2] !

Il fallait être à l'heure, sinon, comme toujours, il faudrait payer une amende. Monsieur le maire, quel qu'il soit, n'aime pas attendre et puis, ce n'était pas le seul mariage ce matin-là, bien sûr.

Le deuxième taxi retenu stationnait devant chez Ambroisine et il portait un petit drapeau centrafricain attaché sur son antenne radio. Pas mal. Après tout, Ambroisine était membre du parti présidentiel, et

---

1. Petit oiseau commun à Bangui.
2. Perroquet.

ce parti c'est le pays. C'est ça la vérité, même s'il y a quelques dizaines d'autres partis qui font semblant de faire de la politique.

Mon cœur battait pour Ambroisine et pour moi. Quelle journée !

Enfin, j'installai les futurs mariés à leur place : à l'arrière du pick-up, dans les fauteuils spécialement fixés sur le plateau. On se serra dans les deux taxis et en route.

« En voiture Simone ! » lança Emma, qui semblait plus heureuse que si c'était son mariage.

Quand on arriva, les invités étaient déjà dans la salle. Ils détaillèrent tout le monde, mais surtout Pierre et ses parents et les autres Blancs. Pierre était l'attraction. Un Blanc, pas plus militaire que ça, jeune et beau, et de bonne famille semblait-il, qui épousait Ambroisine. On en parlait plus que de la rébellion qui avait encore avancé vers Bangui, laissant déjà Sibut loin derrière elle.

En fait, se marier là, au jardin du 50tenaire, c'était mieux qu'à la mairie. La salle était plus vaste, plus lumineuse, ce qui était très bien pour les photos, avec les jardins alentour qui sont on ne peut plus accueillants. Tout se passa comme prévu. Ambroisine et son chéri se dirent « oui » et ils furent applaudis par tous, moi y compris. Les témoins, dont j'étais, avaient signé le registre comme s'il s'agissait d'une nouvelle loi électorale. Avec grand sérieux, donc. Mais ce qui fut le plus applaudi, les battements de mains accompagnant les youyous des femmes, ce fut le « non » de Pierre quand on lui demanda officiellement s'il comptait dans l'avenir être polygame. Son « non » fut spontané. Est-ce qu'il venait du fond du cœur ou du fond de la raison, sachant bien que son mariage aurait des difficultés à être transformé en mariage français s'il avait dit « oui » ? Les Français sont comme ça, ils veulent bien être polygames, je crois, mais ils ne souhaitent pas que ce soit officiel sur le papier.

Combien il y eut de photos prises dans la salle et ensuite dans les jardins ? Difficile à dire, mais des centaines, pas moins. Ce qui est certain, c'est que je fus, moi, photographiée autant qu'Ambroisine. Tout d'abord par Rémi qui me voulait de la tête aux pieds et dans toutes les positions... vraiment ! Photographiée avec lui, qui prêtait son appareil aux uns et aux autres pour qu'ils nous prennent ensemble.

Est-ce qu'une photo bien prise peut voler ou le cœur ou la raison de quelqu'un ?

Il me fallut trente minutes pour réunir mon monde et mener les uns et les autres à la cathédrale Notre-Dame-de-l'Immaculée-Conception pour le deuxième mariage. Après avoir dit oui devant les hommes, ils allaient se dire oui devant Dieu. « Bénédiction nuptiale », on appelle ça.

L'avantage de la cathédrale, c'est qu'il n'y fait pas trop chaud. Un peu seulement. L'air y circule assez bien. La messe commença avant même que tous fussent arrivés. Les habitués chantèrent. Les hommes d'Église étaient très bien, habillés en femmes avec de la dentelle blanche et des étoles rouge et jaune. Ces couleurs sur leur peau noire semblaient voler toute la lumière de la cathédrale. Les mariés se dirent « oui » aussi bien que la première fois et ils s'embrassèrent sur la bouche en montrant à tous qu'ils avaient déjà beaucoup d'entraînement pour ça.

Quand je me retrouvai à l'air libre, Emma et Jules étaient déjà sortis.

« Vous êtes là, dehors…

— On est sortis avant la fin, ce genre de carnaval, ici ou en France, c'est pas trop notre affaire… »

C'est Jules qui avait parlé. Emma compléta :

« Nous, les Blancs, on a bien réussi la colonisation, pour preuve on vous a donné la religion et les curés, qui, eux, sont restés. C'est beaucoup ça, aussi, le néo-colonialisme ! »

Les Blancs, vraiment !

*

Voilà.

C'était fait. Quelques privilégiés avaient le droit d'aller à un vin d'honneur. J'avais réservé au bar-restaurant de l'Amitié. C'était pas très loin, facile à trouver pour tous. Il suffisait, à partir du rond-point

Boganda, de prendre l'avenue David-Dacko, et c'était
là, à moins de cent mètres. Une sélection des mêmes,
après avoir siesté, était invitée au repas du soir qui
déjà se préparait dans la concession des parents
d'Ambroisine.

C'est pendant le vin d'honneur, où tous se réga-
laient de brochettes, d'épis de maïs, d'arachides et
d'olives, que Rémi qui ne me quittait pas me dit :

« Aïssatou, après ça, on se reposera ensemble et
on parlera un peu dans ma chambre. »

Ça, il était pressé, il voulait déjà m'essayer, je le
devinai.

Emma, qui avait tout compris, me murmura à
l'oreille :

« Rémi, c'est un bon gars, mais Aïssatou, ne t'em-
balle pas. T'as toute la vie devant toi pour choisir. »

Emma, c'était bien une Française ! Elle croyait
que, comme elle, n'importe quelle Africaine avait
toute la vie pour choisir, et re-choisir si nécessaire.
C'est pas du tout comme ça. Si ta chance passe, tu
la saisis, tu réfléchis après. Si tu ne fais pas ça, ta
chance elle risque bien de ne jamais revenir ou alors
trop tard. La chance, ça ne connaît rien à l'espérance
de vie ou à la maladie qui t'efface tellement de la
vie que plus personne ne te regarde parce que tu es
devenue invisible.

Le matin, j'avais vaporisé sur tout mon corps
du *Bouquet de Paris*, mais le matin était loin…

Pourtant, Rémi se pencha sur moi, un peu comme s'il voulait me faire de l'ombre, et ajouta à toutes ses paroles que j'avais bien entendues :

« Aïssatou, j'aime te respirer, j'aime ton odeur. »

Il me tendit la moitié d'un verre de jus et ajouta :

« Bois ça, vide mon verre, tu connaîtras mes pensées.

— C'est vrai ça ?

— Nous, en France, on dit ça.

— Vous avez des féticheurs vous aussi ?

— Un peu oui, des féticheurs et des forticheurs ! »

Je disposais d'une heure, pas plus, pour prendre un repos bien mérité entre le vin d'honneur et les ultimes préparatifs de la soirée. Il fallait que je sois en pleine forme. J'avais chouchouté chaque membre de la délégation française, veillé à ce que chacun des invités boive un peu et mange un peu... et pas seulement ceux qui savent prendre la place des autres en repoussant derrière ceux qui sont aussi affamés qu'eux, j'avais fait le disc-jockey afin que tous profitent de Lakouanga Musica, d'Ozaguin et de Bibi Tanga.

Ce soir, il faudrait que je vérifie que le groupe marche et que le carburant nécessaire soit là. Pour cette soirée de mariage, on avait prévu de la lumière électrique, dix ampoules de cent vingt watts, pas moins, et il fallait aussi de l'électricité pour la musique. Et puis, surtout, il fallait que je veille sur les assiettes, sur les plats. Chacun devrait manger dans l'ordre prévu, et pas question d'avaler le dessert avant le reste !

J'eus du mal à convaincre Rémi que, vraiment, je serais mieux seule à la maison à me reposer calmement. Je lui promis de rentrer avec lui dans la nuit pour qu'on se délasse ensemble et qu'on parle.

Emma me laissa tomber à l'oreille :

« Bien joué, Aïssatou. Il faut le faire patienter un peu… »

Le taximan me ramena à la maison, avec mes deux sœurs. Lui aussi avait droit à une bonne heure de repos. Il dormirait, comme souvent, dans sa Toyota. Quand on fut dans la cour, avant même que je n'enlève ma robe pour me passer un seau d'eau sur le corps, Khadidja et Mariama me dirent des agaceries genre : « Attention ! tu vas devenir toute blanche s'il te serre de trop près… », « Madame *moundjou*, quand est-ce que tu pars en France ? Est-ce qu'il t'a dit *I love you* ou *je t'aime* ou *mbi yémo*[1] ? »

Je m'allongeai sur ma natte, sous le manguier, dos tourné, et je les laissai parler bas avec notre maman. Je voulais faire le vide en moi, me retrouver avec moi-même, mais impossible, j'avais toujours Rémi qui me revenait dans la tête : il m'avait ou ensorcelée

---

1. Je t'aime.

ou envoûtée. Je n'étais plus moi-même. J'eus des larmes, comme ça… alors que je n'avais pas du tout envie de pleurer. Il m'arrivait quoi ? Il était blanc de France, moi j'étais noire de Centrafrique, il aurait certainement fallu un médecin sans frontières pour faire le bon diagnostic me concernant.

*

Deux seaux d'eau, pas moins, furent nécessaires pour me remettre sur pied. Mes sœurs s'amusaient de moi et de mon énervement. Mama, elle, m'observait, se demandant si j'étais toujours sa fille.

Je partis pour la deuxième fois de la journée en direction de la concession des parents d'Ambroisine, quartier Seïdou. Il faisait doux. Le soleil, qui avait tant brûlé le pauvre monde toute la journée, commençait à aller voir ailleurs s'il avait de bonnes ou mauvaises actions à commettre.

La cuisine, c'est une histoire de femmes, et toute la cour de chez Ambroisine était la preuve de ça. Il n'y avait pas moins de sept marmites qui noircissaient leur cul sur des foyers de trois pierres, encerclés par des parleuses, et là, comme du côté des tables et des chaises, c'était des *songui songui*[1] à propos des Blancs qui allaient enfin goûter de la bonne cuisine africaine,

---

1. Commerages.

et surtout du Blanc jeune marié qui avait déjà goûté au meilleur de l'Afrique en se frottant le corps contre le corps d'Ambroisine ! Au large de la cour, de nombreux curieux, surtout des enfants, regardaient pardessus la clôture avec envie.

J'avais dans ma culotte l'argent pour le groupe, pour le carburant et pour le technicien. Il avait tout bien installé. Je l'invitai à rester pour le repas. C'était très bien pour lui, et pour moi c'était l'assurance d'être tout de suite dépannée s'il y avait un problème. Après avoir accepté mon offre, il m'assura :

« Il n'y aura pas de panne. L'électricité, c'est magique si le magicien est là. Le magicien, c'est moi. »

Je le fis répéter sa phrase parce que j'avais entendu « magichien ». Il répéta, mais je ne fus pas certaine d'avoir compris. Tout semblait bien se préparer. Les chaises louées avaient été essuyées et elles étaient assez propres pour accueillir n'importe quelles fesses. Je fis mettre le groupe en route et dès qu'il ronronna derrière la maison, les lampes s'allumèrent. Il faisait sombre, mais pas encore nuit. Je mis la musique. Willy le technicien, que j'avais définitivement baptisé « technichien », connaissait son matériel et les branchements étaient bien faits. La musique gicla d'un coup et tout le quartier en bénéficia. Arthur et Eugénie vinrent s'asseoir dans leur cour, près de la porte d'entrée, prêts à accueillir leurs invités. Face à eux, deux chaises attendaient les parents de Rémi. J'avais du crédit, alors je téléphonai au taximan numéro deux. Il était en route et arrivait avec papa blanc et maman blanche...

Les autres membres de la délégation plus les mariés suivraient un quart d'heure plus tard dans le pick-up.

La vie est belle quand elle est belle. Ce soir tout me semblait beau, bien... Plusieurs fois dans la journée, j'avais entendu parler des rebelles, mais ce soir je n'y pensais pas. Ambroisine allait bientôt partir en France retrouver son mari qui était venu lui dire oui à Bangui, moi j'avais un *moundjou* qui voulait m'aimer. Après la chance de ma meilleure amie, c'était peut-être ma chance.

Petit à petit les invités arrivèrent et ils furent salués par les parents des mariés. Moi j'étais là, à côté, pour la politesse oui, mais surtout pour vérifier que ceux qui voulaient entrer étaient bien des invités. Sans moi pour faire la policière, tout Lakouanga serait rentré, plus tout Benz-vi et toutes sortes de caïmans affamés.

Voir danser un Blanc, c'est un spectacle qui fait rire. Même Emma qui pourtant a une paire de fesses à la mode de chez nous n'était pas dans le bon rythme pour le *montenguéné* ou le *dombolo*.

Je réussis à prendre Ambroisine à part deux minutes. Nous entrâmes dans sa chambre et je lui

47

racontai tout ce qui s'était passé pour moi. Elle me laissa parler et éclata de rire. Elle me répondit :

« Je sais tout. Rémi est fou de toi, il en parle à tout le monde.

— À tout le monde ?

— Oui…

— Alors il est fou, c'est vrai, parce que moi je ne lui ai rien promis.

— C'est comme ça, il t'aime, il te veut. Si tu ne lui dis pas oui, il va t'enlever sans doute, et il ne demandera aucune rançon. »

Elle éclata encore de rire. Elle était énervée et un peu fatiguée, normal. C'était son grand jour.

« Bon… Je lui dirai oui. On verra bien. Peut-être donc qu'il m'épousera, que ce sera mon tour.

— Aïssatou, tu es plus belle que moi. Tu sais ça, non ? »

Tout alla si bien, ce soir-là, que je mangeai le *yabanda* et aussi la banane dans la même assiette que Rémi. Souriante, je lui posai la question :

« Est-ce que manger dans la même assiette, c'est comme boire dans le même verre ?

— Oui, c'est ça et… dormir dans le même lit, c'est aussi la même chose mais en plus fort encore. Ça fait plus d'effet. Aïssatou, il faut essayer ça, dormir dans le même lit. »

Ceux qui disent que les Blancs sont comme ceci et les Noirs comme cela n'ont jamais entendu un Blanc ou un Noir parler à une belle fille, parce que c'est du tout pareil, avec les mêmes mots et les mêmes envies plein la bouche !

Le milieu de la nuit était loin derrière moi, derrière Rémi et Emma et Jules, quand le dernier invité quitta la cour. Les vieux parents de Pierre et d'Ambroisine étaient partis depuis longtemps mettre leurs yeux à dormir. Les mariés avaient réussi à disparaître sans se faire remarquer. Ils étaient pressés de se serrer une fois de plus, même s'ils avaient toute la vie devant eux pour faire ça. Seulement la vie, on sait jamais… Depuis toujours, la vie c'est plein de surprises, quelquefois bonnes mais souvent mauvaises – même dans les pays du Nord, m'avait confié Emma.

Les taximen étaient toujours là, sérieux. C'est vrai qu'ils attendaient encore la moitié de leur argent. Rémi et moi nous prîmes le taxi numéro un, Emma et Jules le numéro deux. Direction le National Hôtel.

« Le mariage s'est bien passé, la suite c'est seulement Ambroisine et Pierre qui vont se l'imaginer. »

Rémi me serra très fort, avant de m'embrasser et de me chuchoter :

« La suite de leur mariage, de leur vie, ils sont déjà à la fabriquer, crois-moi ! »

Le taximan, qui avait été très discret depuis le matin, dit, pour nous et pour lui-même :

« Les rebelles ont encore avancé. Dans pas long-temps, s'ils continuent aussi vite, ils seront à Damara, et même au PK 12. »

C'était toujours la nuit quand je me retrouvai seule à seul avec Rémi, dans sa chambre. Certaines nuits sont beaucoup plus longues que d'autres, je savais ça depuis longtemps. Les nuits, quelles qu'elles soient, on les mesure bien seulement quand on est réveillé, quand la flamme de la lampe éclaire un margouillat sur le mur ou un cafard peureux qui fuit. Quand on dort et que l'on rêve, c'est pas la même chose, on peut pas mesurer le temps qui ne passe pas. Qui sait la durée d'un rêve ? Personne. Personne ne sait ça, pas même un féticheur.

Je fis exactement ce que Rémi me demanda. Je m'installai sur le lit, les deux oreillers derrière le dos pour rester assez droite. Il prit l'unique chaise et s'assit presque face à moi, pas trop près. Ça ne lui ressemblait pas. Il avait passé la soirée collé à moi…

« Aïssatou, l'heure est grave tu sais. »

L'heure ? Mais je ne savais pas du tout quelle heure il était. Trois heures du matin ? Quatre heures du matin ? Je savais que le soleil n'était pas encore là pour réveiller les bons et les méchants, c'était tout. Je ne dis rien. Rémi continua :

« Aïssatou, je n'ai pas beaucoup de temps parce que je suis là seulement une journée encore et je repars vers la France.

— Je sais ça.

— Oui, tu sais. Écoute. »

Il allait certainement me proposer un petit ou grand moment de *cogné-collé*[1]. Je ne faisais que ça, écouter. Comment écouter mieux, écouter plus ? Ce n'était pas possible.

« Aïssatou, voilà. Je t'ai vue, je t'ai connue, je t'ai serrée, je t'ai embrassée, et il faut que je te le dise et que je te le répète tout de suite parce que je vais m'envoler vite : je t'aime. »

Je crois ne pas avoir changé de visage, mais il reprit :

« Oui, je t'aime et fort et c'est la vérité. Je t'aime même si je te connais peu. C'est comme ça. C'est arrivé sans prévenir. Aïssatou, il faut m'aimer, un peu et beaucoup. Tu peux faire ça ? »

Je n'avais jamais aimé en langue française encore, et puis mes amours, c'était depuis longtemps des petites amours de rien du tout, des fantaisies même si c'était du cent à l'heure... Qu'est-ce que je pouvais répondre là ? Oui, quoi répondre parce que c'est pas si facile. Je me contentai de reprendre ses mots, et yeux ouverts je dis :

« Je peux faire ça... »

C'était le même Rémi que celui que je connaissais depuis trois jours, mais c'était aussi un peu un autre.

---

1. Expression populaire à Bangui pour dire faire l'amour... rapidement !

Il ne faisait plus le malin. C'était comme s'il avait un peu peur, lui le boxeur. Il continua :

« Si tu m'aimes, je reviens à Bangui, on se marie et tu deviens ma femme. Je vais avoir bientôt un appartement. Aujourd'hui j'habite encore avec ma mère, mais dans trois mois j'aurai mon appartement. C'est prévu. Les services de l'habitat m'ont prévenu.

— C'est bien…

— Et puis tu sais, j'ai un boulot là-bas.

— Tu fais la boxe.

— Oui, mais la boxe c'est en plus, pour le plaisir. Je suis un amateur, c'est tout. Un bon amateur. Les poids moyens, on est nombreux et les grands champions ne manquent pas ! »

Il me regardait à cent pour cent, c'était comme s'il ne voulait pas perdre une miette de moi. Il continua :

« Mon boulot, en fait, c'est agent de propreté, tu vois ?

— C'est bien. »

Il répéta encore dix fois qu'il m'aimait, qu'il était KO d'amour. Je n'avais pas bougé du lit, lui n'avait pas bougé de sa chaise. Je me levai, je fis glisser le drap du lit et après ça je lui ai demandé de se lever.

« Il faut te lever de là, pour que je pose ma robe sur la chaise. »

J'ai enlevé ma robe. À lui de *piétiner le mur*[1] s'il le voulait… On s'est retrouvés sur le lit. Je lui ai seulement dit :

« À toi de me mettre KO. »

À l'oreille il m'a murmuré :

« Oui. »

Il a dit oui, et il l'a fait : il m'a mise KO.

---

1. Expression familière à Bangui pour dire « faire l'amour ».

3
Le chamboule-tout

J'avais vu l'avion de près. Avec Ambroisine on était collées à la grille de clôture, comme des prisonnières qui espèrent enfin devenir invisibles ou assez minces pour passer de l'autre côté des barreaux. C'était hier. L'avion s'est depuis longtemps posé à Paris, aéroport *Charlie di Golle* comme disent les anciens, après avoir survolé une bonne partie du monde, dont le grand désert.

Quand il a roulé doucement sur la piste pour aller prendre son envol, j'ai eu une des grandes peurs de ma vie. J'ai cru que c'était pas possible, qu'il n'allait pas s'élever, que sa grosseur et sa lourdeur allaient le faire basculer cul par-dessus tête avant même qu'il prenne la moindre hauteur. Mais non, à toute vitesse il est monté au ciel pour disparaître dans de gros nuages.

On a pleuré, Ambroisine et moi. Il ne nous était rien arrivé de pire depuis toutes petites. La faim du matin au soir et du soir au matin, les nuits dans la peur sans dormir à cause des mutineries et de tous les fouteurs de merde habillés, c'était rien, pas de quoi fouetter un caméléon… Alors que là, l'envol de nos chéris, c'était le drame absolu. Je crois bien que je pleurais plus qu'elle des deux yeux. Nos larmes, c'était le genre pluie des mangues, bref, sur notre passage la poussière rouge mouillée ne risquait plus de voltiger avant longtemps.

Heureusement, il y a Orange pour se parler d'amour au téléphone. Oui, Orange comme la couleur du parti d'Ambroisine, le parti du président. Orange téléphone. Ça ! Il y a Télécel avec ses *allowi* aussi, et Moov, mais moi c'est Orange. Rémi m'a téléphoné déjà quatre fois. Quatre fois en vingt-quatre heures. D'après mes sœurs Khadidja et Mariama, c'est très bien. Ambroisine, qui a de l'expérience et qui a fréquenté jusqu'en classe de terminale, a même affirmé devant ma mère que sur le baromètre de l'amour, quatre communications de France en si peu de temps ça voulait dire ou tempête ou violente tempête.

Elle a ajouté, pour moi seule :

« Aïssatou, c'est fait. Toi, c'est comme moi : présentement tu n'as plus à t'inquiéter pour ton demain. »

Hum… mon demain… mon demain, même s'il ne semblait pas loin, n'était pas encore là et le téléphone plus mon adresse Yahoo plus son adresse Hotmail, ce n'était pas le paradis sur terre quand même.

Ambroisine, sans perdre un jour, porta ses documents à l'ambassade de France pour faire enregistrer et officialiser son mariage. Là, les employés du consulat en première ligne sont des Noirs-pays. Ensuite, derrière eux, pour les décisions, il y a les Blancs. Avec les Noirs, ce fut plus que facile pour elle, elle n'était pas *kwa na kwa* pour rien. Les rebelles n'étaient pas très loin, paraît-il, mais pas très loin, c'était encore trop loin pour enrayer la belle mécanique du parti du président. Son dossier arriva au bureau de l'état civil, juste à côté du bureau principal, le jour même de son dépôt et la secrétaire administrative blanche comme du manioc séché en parla au consul immédiatement. C'est pas un *nganga* qui a fait le nécessaire pour ça, c'est la numéro deux du parti, la grosse bedonnante Kota Kota Ngoroyo. Trois mots d'elle au téléphone et voilà, ce fut comme *sésame ouvre-toi* – c'est vrai qu'il y a dix fois et vingt fois quarante voleurs très puissants, des voleurs manches longues et mains larges, à la tête du parti du président. Tous plaisent beaucoup aux Blancs. C'est comme ça. C'est la vie.

Kota Kota Ngoroyo connaît tout ce grand monde blanc de Bangui depuis longtemps. Elle écrit le français sans fautes, même des poèmes qui ne sont pas politiques. Les attachés d'ambassade, le consul et beaucoup d'autres font la conversation avec elle presque chaque jour.

Vingt-quatre heures plus tard, Ambroisine était convoquée. Elle fut bien reçue, rassurée. Tout allait se faire très vite, pas plus de deux mois et ce serait réglé. La France si accueillante lui ouvrirait les bras, et c'est son chéri qui la serrerait à l'aéroport. Oui, elle aurait un beau visa et pourrait aller… Avec un peu de chance elle serait française officiellement avant les prochaines élections présidentielles et pourrait voter pour choisir le président blanc ! Oui, voter, mais une fois seulement, pas dix ou quinze fois comme ici quand on est devenu expert en fraude électorale.

*

Ambroisine était si énervée par ces jours d'attente, alors que son dossier suivait la bonne route de bureau en bureau et de signature en signature, qu'elle avait des difficultés pour m'entendre quand je lui parlais. Bon, je comprenais. J'étais même à la meilleure place pour être compatissante, mais de temps en temps ça m'énervait parce que moi aussi j'avais un Blanc, là-bas en France, région Bourgogne, et comme je n'étais pas encore mariée, moi, la France était géographiquement bien plus loin du bout de mon nez, même si présentement on respirait toutes les deux, au même endroit, la poussière de Bangui.

Le temps passa un peu un peu et les nouvelles se multiplièrent. Des nouvelles qu'aucun gros gras grand gri-gri ne pouvait changer : les rebelles, presque tranquillement, venaient d'arriver à Damara. Il y avait un brin de panique dans la ville. Les grands chefs du monde blanc découvraient tout à coup où était mon pays sur la grande carte de l'Afrique et les petits chefs de la sous-région trouvaient presque tous cela assez mauvais. Ils pensaient à eux-mêmes qui avaient déjà eu à vaincre une rébellion, à eux-mêmes qui pouvaient être mis en danger si un des leurs, voisin de derrière la frontière, était éjecté de son siège de président chèrement acquis après une grande kermesse électorale…

Ouf, alors que toute la ville pouvait s'enflammer d'un instant à l'autre, à Libreville (quel joli nom…) au Gabon, exactement là où dans la forêt Tarzan avait connu Jane, il y eut des accords pour tout arranger ; des accords pour retarder le pire, en fait. Le président du pays, grand féticheur du *kwa na kwa*, le parti d'Ambroisine, avait fait semblant de céder, d'accepter les autres pour partager un peu le butin…, bref, de créer un beau gouvernement d'unité nationale, un gouvernement neuf, démocratique, biblique, islamique, symétrique, et même patriotique. Il prit un peu de temps pour réfléchir encore, le président, afin de mieux faire le malin peut-être, mais après cela il y eut un vrai nouveau gouvernement avec des ministres anciennement rebelles et enturbannés qui se mirent la cravate autour du cou. Bien, très bien… Sauf que ce gouvernement de transition ne devait vivre que jusqu'aux prochaines élections, ce qui ne laissait à chaque ministre qu'une année à peu près pour voler à son aise. Une année, c'est pas beaucoup. Les Blancs, vraiment, quand ils exigent ceci ou cela en Afrique, ils devraient réfléchir deux fois au lieu d'une. Comment un ministre peut-il s'occuper de redresser le pays s'il ne dispose que de si peu de temps pour voler pour lui-même ?

En tout cas, le président présidait et les ministres ministraient, à ce qu'il paraît.

*

C'est un mardi matin, alors que je coupais des feuilles de *koko*[1] pour les vendre, que mon téléphone vibra sur mon sein gauche. C'est là que je mettais mon téléphone pour ne pas le perdre et pour que personne ne le vole. Sur mon sein, côté cœur. Je suis certaine que mon chéri en France sentait ma douceur et ma chaleur quand, de son côté, il entendait la sonnerie. Ce n'était pas lui, mais Ambroisine. Elle criait presque. Il me fallut un petit moment pour la calmer et comprendre. Elle répéta, en mêlant le français et

---

1.   Feuilles de la forêt, légume très apprécié.

le sango. C'est comme ça, quand l'émotion est trop forte, le sango prend sa revanche et se met à la première place.

« Aïssatou, c'est fait. Tout est fait. J'ai mon dossier complet. Il est signé et j'aurai mon visa dès demain. Je pars en France avec le prochain Air France. C'est mon tour. »

Je restai sans voix. J'étais partagée entre son bonheur et mon attente. Heureuse pour elle, je l'étais oui, mais son bonheur, là, avec son départ annoncé, mettait de l'huile sur le feu de mon amour et faisait peser encore plus mon attente à moi.

Bon, Rémi préparait les papiers de son côté et il devait revenir à Bangui pour me marier au mois d'avril. Il aurait la possibilité de prendre huit jours de congés. Il arriverait avec le vol du jeudi et repartirait le jeudi suivant. C'est pas facile, je crois, d'avoir du congé quand on est agent de Propriété.

Ambroisine se fit coudre quatre robes. Je l'accompagnai au Km5 pour choisir des pagnes. Elle me confia :

« Tout le reste je le trouverai là-bas en France, les chaussures, le parfum, les crèmes, mais pour les robes mieux vaut un peu prévoir, même si je m'habillerai aussi à la mode française. »

Tout acheter, tout vérifier, ça fait passer le temps à grande vitesse. Le petit matin du départ arriva sans prévenir… J'avais dormi chez Ambroisine, plus précisément j'avais passé la nuit chez elle, parce que le sommeil ne voulait ni d'elle ni de moi. On était trop énervées sans doute.

C'est un parent à elle qui nous emmena à l'aéroport. Ses sœurs et ses parents l'embrassèrent et la serrèrent mille fois !

« La France, c'est pas si loin en avion. J'y serai ce soir ! Je reviendrai vite vous voir avec des cadeaux… »

On chargea les trois valises et le sac dans la voiture et difficilement on s'en alla. C'était comme s'il fallait saluer tous ceux du quartier qui s'étaient agglutinés devant la concession pour voir Ambroisine partir. Un tel événement, c'est pas tous les jours… Ambroisine était plus agitée que si elle s'était soûlée au *gbako* ! Moi, j'avais seulement du mal à cacher mes larmes. Je pleurais parce qu'elle me quittait, mais je pleurais aussi sur moi-même. Je lui avais donné des mangues et deux papayes pour mon chéri, plus une chemise que j'avais fait coudre à sa taille. Il m'avait laissé un modèle.

À l'aéroport, tout alla si vite que c'est à peine si j'eus le temps de l'embrasser et de lui répéter « à bientôt ». Celle qui accompagne doit rester à l'extérieur, et d'un seul coup, comme ça, le voyageur que tu as tenu contre toi disparaît. Elle disparut. Mes derniers mots furent :

« Embrasse mon chéri pour moi et dis-lui que je l'aime follement… »

Je repartis tout de suite avec son parent, qui me ramena chez moi à Lakouanga. Là, je restai assise dans la cour jusqu'au moment où l'avion fit assez de bruit dans le ciel de Bangui pour que chacun sache qu'il venait de décoller en direction de la tour Eiffel.

Je savais exactement à quelle heure il atterrirait, je savais exactement combien il fallait de temps pour aller de l'aéroport CDG à Auxerre. Je passai la journée à suivre Ambroisine dans les airs et sur terre, à l'imaginer.

Avant son départ, elle avait *mouillé la barbe*[1] d'un ministre, un peu un peu, pour que j'obtienne un petit emploi à l'accueil d'Écobank. J'étais gâtée pour continuer mon attente, parce que mon emploi me donnait un mini-salaire, un salaire d'essai. Par ailleurs, Ambroisine m'avait laissé son ordinateur en cadeau. Elle m'avait dit :

« Puisque je ne serai pas là à ton mariage avec Rémi, je te laisse l'ordinateur. Tu pourras me faire suivre les photos pour que je partage un peu la fête. »

*

Tout allait bien. Les mangues mûrissaient dans les arbres. Mon téléphone me ligotait avec bonheur à la France, et sur mon ordinateur que je ne quittais plus,

---

1. Équivalent de verser un « pot de vin ».

je faisais l'apprentissage de la Bourgogne, où la principale richesse est le bon vin. Chaque soir j'apprenais un peu un peu les grands crus. C'est comme cela qu'ils disent, les Français : « grands crus ». Je dressai dans un gros cahier la liste de tous les jolis mots du vin. C'était un bon début pour devenir française et ça ferait une surprise pour Rémi si je savais parler du vin avant même de le goûter. Pour chaque mot, une grande page sur laquelle j'ajouterai tranquillement des informations. Chambertin… Chablis… Aligoté… Pouilly-Fuissé… Passe-tout-grains… et ainsi de suite.

Bon, j'avais un peu oublié le Prophète en acceptant la bénédiction future à l'église alors, si je buvais un peu de bon vin, ça ne serait pas grave. Et puis, le Prophète, s'il avait eu la possibilité de goûter les grands crus d'aujourd'hui, probable qu'il aurait trinqué et répété tchin chin ou *lakoué lakoué*.

C'est sans doute parce que mon mariage prévu début avril approchait que j'aimais de plus en plus les mots français. Mon mot préféré dans la liste, c'était *aligoté* ! Ce mot-là, c'était comme des chatouilles, il me faisait rire. Pourtant je n'étais pas soûle, du vin aligoté je n'en avais encore jamais bu. Je prévins Rémi par mail que je voulais en boire le jour de notre mariage et qu'il devait mettre une bouteille dans sa valise.

J'avais régulièrement des nouvelles d'Ambroisine qui vivait sa nouvelle vie avec grand bonheur.

J'attendais qu'elle m'annonce l'arrivée prochaine d'un bébé, mais peut-être qu'elle se goinfrait de pilules chaque jour, avant de faire l'amour matin et soir avec son Pierre… et encore plus le week-end.

Je vivais sans écouter les mots de l'un des quatre vents du ciel. J'avais tellement à faire avec ma petite personne secouée par le destin que le monde autour de ma vie se bousculait le plus souvent sans moi depuis le mariage d'Ambroisine.

Pourtant, le monde avait chaud. Le président, de son côté, voulait, je crois, garder pour lui-même les richesses du pays, et les ministres rebelles voulaient probablement exactement la même chose. Ça ne pouvait pas durer ce gouvernement, c'était comme le mariage d'un *ndaramba*[1] et d'un *tilapia*[2]. Ça ne pouvait aboutir qu'à du chamboule-tout, pas moins !

Et voilà qu'un grand ministre rebelle était resté dans la forêt après consultation de ses amis ! Pire, Radio kéké qui ne se trompe jamais affirmait que les rebelles avaient déjà quitté Damara où ils étaient restés en vacances et marchaient présentement sur Bangui.

Des nouvelles comme ça, c'est grave comme une épidémie d'Ebola, parce que ça fait des morts.

---

1. Lièvre. Personnage de nombreux contes centrafricains.
2. Nom vernaculaire de poisson, qui désigne le plus souvent la carpe.

On était le 23 mars. J'étais pressée de rentrer. Avec ma mère et mes deux sœurs, on avait quitté la maison familiale où on avait vécu trop serrées et on avait pris un logement pas très loin de chez les parents d'Ambroisine, quartier Séïdou. Avec un peu un peu de monnaie du côté de Khadidja, un peu un peu du côté de Mariama et un peu un peu de mon côté, à présent que j'avais mon travail à Écobank, on pouvait payer un loyer et aussi manger.

Quand je suis rentrée, j'avais battu mon record ! J'étais essoufflée et j'avais avalé trop de poussière. Notre maman avait acheté de l'eau et en plus rempli un bidon. Elle avait aussi acheté du pain, du riz et un peu d'huile. Acheter, ce n'était pas facile. C'était déjà la fin du mois et l'argent était presque fini.

Ça paniquait de partout ! Des militaires couraient en jetant leur veste d'uniforme. Plusieurs allaient vers le fleuve pour traverser et se réfugier à Zongo. Avec deux oreilles on n'avait pas le temps d'enregistrer toutes les nouvelles : les rebelles qui étaient déjà au PK 12, le président qui s'était envolé, le manioc qui manquait ! Les *allowi* ne cessaient pas, les parents téléphonant aux parents, les amis aux amis…

Ma maman et mes sœurs et moi, on avait déjà connu les balles perdues, en 1996, en 2001 et en 2003. En 2001, on avait fui dans la forêt, échappant de peu à la mort qui nous avait frôlées deux fois alors que c'était la chasse aux Yakomas[1].

On a mangé un peu de *gozo* ce soir-là et on s'est enfermées dans la maison. On entendait les tirs de kalachnikov. J'ai bipé mon chéri, et dans le noir du début de la nuit il m'a rappelée. On s'est répété des mots d'amour-toujours comme si c'était possible que la mort m'attrape et nous sépare alors que notre mariage était prévu exactement dans pas longtemps ! Il a promis de m'appeler encore à minuit et encore à quatre heures du matin. J'ai légèrement ouvert la fenêtre et je lui ai fait écouter le bruit des tirs dans la ville.

Rien à faire pour dormir. Ni maman ni mes sœurs n'envisageaient de trouver le sommeil. Les deux petits, eux, après avoir écouté une histoire de *téré*[2], étaient entrés au pays des rêves.

Maman, mes sœurs et moi, nous sommes restées comme ça à dormir sans dormir, la peur au ventre. On allait perdre le président qui avait eu le temps de bouffer et de faire bouffer ses enfants, ses femmes et quelques parents. Le perdre pour qui ? Un autre boufleur ? On dit qu'il vaut mieux au pouvoir un vieux lion rassasié qu'un jeune lion affamé. On dit ça, mais est-ce que c'est vrai ?

---

1. Ethnie de République centrafricaine.
2. Araignée. Elle est une des grandes héroïnes des contes en langue sango de Centrafrique.

L'aube n'était plus très loin sans doute quand on entendit rugir un moteur devant la concession. Aussitôt des cris, et tout de suite des coups contre le portail. Maman, qui avait vécu plus de mutineries que nous, plus de coups d'État, nous cria :

« Les filles, vite, cachez vos cartes Sim. On est attaqués ! »

On tremblait, mais vite chacune de nous a glissé la carte Sim de son téléphone dans son sexe. Moi j'ai jeté mon vieux Nokia dans le sac de riz. Il en restait à peine la moitié... Combien de milliers de grains ?

Le portail a été défoncé et on a cogné à notre porte.

Tout a été vite. Est-ce que c'était des rebelles ? Simplement des bandits qui profitaient de la situation ? Ils parlaient sango.

Deux petits garçons et des femmes, nous ne pouvions rien faire. La douzaine d'agresseurs qui débarquèrent en hurlant, ça faisait douze kalachnikov, plus des poignards de guerre. On s'était tous blottis dans un coin, les deux petits s'étaient enfouis la tête dans le pagne de leur maman. Les rebelles voulaient tout d'abord de l'argent ou des bijoux... Des bijoux, nous n'en n'avions pas. De l'argent, hum... Il n'en restait presque plus. Des *jetons*[1]

---

1. Terme qui, en Afrique, désigne toutes les pièces de monnaie.

un peu, des billets un peu moins. Ils prirent toute notre fortune, ce qui ne permettait guère d'acheter plus qu'un sac de riz, une bouteille d'huile et trois boîtes de sardines… Peut-être un peu de *gozo* en plus. Ils prirent le réfrigérateur, qu'ils chargèrent sur un pick-up. Quand ce fut fait, en moins de cinq minutes, sept ou huit des hommes revinrent en riant. Ils n'avaient pas eu assez, à présent ils nous voulaient nous, les femmes.

Que faire ?

Crier ?

Nous n'avions pas d'armes, nous n'étions rien… Que des femmes. S'il y avait eu un homme, ils l'auraient tué probablement. Ils sautèrent sur nous comme des bêtes sauvages. Je réussis à faire un écart et je tentai de fuir. Je savais la fenêtre de la chambre entrouverte. Mais je ne fus pas assez rapide. Je reçus un coup de crosse dans le dos et je tombai, là. C'est à peine si je pouvais respirer tant j'avais mal. Un instant je crus que ce n'était pas un coup mais une balle qui m'avait atteinte. Ma petite sœur, qui avait griffé le visage de son premier agresseur, était tenue par cinq ou six mains et elle hurlait.

Alors que l'on vivait la fin de notre vie ou le début de notre mort… d'autres cris arrivèrent à nos oreilles, et aussi des tirs. Nos agresseurs en trois secondes s'enfuirent. C'était vrai ou pas vrai ? Nous étions où ? Il se passait quoi ? Il me fallut un long moment pour bien comprendre. D'autres rebelles étaient arrivés et ceux qui nous avaient agressés avaient pris peur… et s'étaient enfuis !

Un peu après, quand le calme fut revenu, mes sœurs m'aidèrent à me relever. Nous n'avions rien eu de grave. J'étais la seule blessée. Le dos me brûlait.

Miracle… Mon téléphone, que j'avais jeté dans le riz, était encore là, il n'avait pas été volé !

C'est à peine si les voisins des autres concessions prirent de nos nouvelles. Tous avaient peur et se cachaient chez eux.

Nous séchâmes nos larmes. Après tout, ce n'était pas si grave. Nous avions échappé au pire de justesse, mais échappé quand même.

Les deux petits, les garçons, ne bougeaient pas. Ils attendaient en observant les gestes de chacune de nous. Nous, les filles, on tremblait encore, maman était comme une branche d'arbre cassée. Elle semblait épuisée, c'est à peine si elle bougeait, si elle pouvait parler.

Nous n'avions toujours eu que très peu à la maison mais à présent nous avions encore moins. Et moi je n'avais plus d'ordinateur. Notre vie était toujours là, mais quelle vie ?

Il mc restait un peu de crédit. Je bipai mon chéri en France. Il venait de sortir dc la douche. Il s'apprêtait à aller au travail. Je voulais lui cacher un peu les choses mais ce fut plus fort que moi. Je me mis à pleurer comme une enfant. Je pleurais, je me regardais pleurer, c'était comme si ce n'était pas moi, comme si les larmes ne coulaient pas de mes yeux, mais non : c'était ma tête et mes larmes et moi-même.

Les mots d'amour au téléphone, c'est mieux que rien mais quand même c'est pas ça. Il m'a rappelée et rappelée encore. Et puis, il y avait urgence, alors par amour pour moi il a cassé sa tirelire, c'est ce qu'il a dit. Il a complété en précisant : « Je vais vider à moitié mon compte épargne et je t'envoie tout de suite l'argent pour partir avec tes sœurs et la maman et les petits. » C'est de l'amour, ça. Donner de l'argent pour nous, pas seulement pour moi. C'était un peu comme s'il versait la dot, ou comme si on était déjà mariés, comme s'il était absolument déjà de la famille.

Deux heures plus tard, il faisait grand jour. Chaud. Le soleil n'était pas du tout dérangé par l'arrivée des rebelles et les pillages et tous les débordements sauvages. C'est en pleine lumière que la ville était toute séismée.

4
Derrière la frontière

On appelle ça baptême de l'air. C'est voyager pour la première fois au-dessus des nuages, en fait. On s'envola, maman, mes sœurs et les petits. C'est eux, Amara et Djibril, qui étaient les plus heureux. C'était un petit vol, sur TAG. Un vol pas cher jusqu'à Brazzaville. Là-bas, on serait accueillis par un parent qui avait émigré un peu avant que les rebelles ne rentrent à Bangui. Il cherchait du travail. C'était plus facile d'être esclave là-bas, on disait ça, et il avait trouvé un bon emploi d'esclave chez des Blanches originaires de Belgique mais qui avaient installé un grand magasin là, de ce côté du fleuve Congo.

Dans l'avion, il n'y avait pas un seul Blanc. Autant dire que si on s'était crashés dans la grande forêt, ça n'aurait pas eu grande importance : que des morts noirs… Pas de quoi faire des gros titres dans les journaux.

L'avion, ça me faisait rêver. Un jour, je prendrais un avion plus grand et j'irais en France, et même, après, dans d'autres pays comme la Normandie ou les antipodes. Présentement, dans mes rêves j'étais avec mon chéri qui m'embrassait de tous les côtés et même ailleurs. Les rêves, c'est pas banal, parce que dans mes rêves je n'étais ni noire ni blanche et lui il n'était ni blanc ni noir. On était absolument sans couleur, sans problème. C'est quand l'avion a eu la tremblote que j'ai cessé de rêver. On avait commencé à descendre. L'atterrissage était pour presque tout de suite. C'était la première fois que j'allais mettre les pieds dans un autre pays, derrière une frontière.

L'avion s'est posé. On était tous vivants, ce qui n'étonna ni Djibril ni Amara.

Maya-Maya, c'est le nom de l'aéroport. Du luxe. M'poko, qu'on avait quitté, c'était de l'insalubre, de la charge et décharge publique, mais ici on aurait pu vendre du parfum français dans les couloirs. On sortit de là sans être bousculés et personne n'ouvrit nos valises. Vraiment !

Yokaya, notre parent, était là. Il semblait heureux de nous revoir. Il avait prévu deux taxis et nous embarquâmes pour le quartier Kissoundi.

Comparaison n'est pas raison, ce proverbe était écrit sur la couverture de l'un de mes cahiers quand je fréquentais. C'est un proverbe du pays de mon chéri, comme mes cahiers de l'époque. Je veux bien croire cela, mais je comparais quand même. Brazza et Bangui, ce n'est pas du pareil au même. Brazza, c'est trop de voitures, même si les rues ont du goudron. Alors ça coince partout, et si ton taxi a beaucoup moins fait le tour du monde que ceux de Bangui, il n'empêche, tu avances moins vite. C'est comme ça. On finit par arriver, c'était la fin de l'après-midi. Bon, on ne s'était pas enfuis à la manière d'un chef d'État, avec une escorte qui n'en finit pas et une belle résidence de triple luxe qui nous ouvre ses portes dans un pays voisin. On n'avait pour tout bagage que quatre sacs, deux bleus et deux roses en plastique, des « Vuitton chinois[1] » comme on dit chez nous, et pas de compte en banque, pas de liasses où sont mélangés les dollars, les euros et les CFA, pas le moindre diamant non plus.

Yokaya nous avait réservé une pièce, qu'il avait louée pour nous. On avait un toit, c'était déjà ça, d'autres réfugiés n'avaient pas cette chance et dormaient au bord du fleuve ou dans des églises. Demain on pourrait, en piochant dans le reste de l'argent, acheter quelques nattes pour y allonger nos corps. On pouvait faire la cuisine dans la cour, Yokaya était équipé, il avait même deux marmites. Une petite avait préparé pour nous une bassine de riz avec un reste

---

1. Grand sac en matière plastique, souvent rose ou bleu, avec fermeture éclair.

de poisson fumé pour donner du goût. Tout de suite après nous être lavés à l'eau bien fraîche, on mangea. On était dans un nouveau pays, mais c'était pas des vacances. Je savais bien qu'en vacances dans un pays tu n'es jamais un vrai étranger, alors qu'ici on était des étrangers, c'est à dire des pas bienvenus. On peut faire une comparaison entre Brazza et Abidjan et Bangui et d'autres capitales sans se tromper, et on a raison, malgré la force des proverbes ! On peut, oui, parce que quand la crise est là, c'est pas des bras ouverts qui t'accueillent.

Pour mon chéri en France qui me téléphonait déjà, c'était comme si j'avais émigré au sommet du Kilimandjaro ou dans une brousse sans père ni mère. Il me croyait coupée du monde, tombée dans le grand trou de la couche d'ozone et arrivée sur une autre planète ! Le pauvre, il s'en était fait des soucis pour moi. Là j'avais mesuré son amour, et dans le grand désordre de ma vie, le grand malheur du départ, j'avais quand même cette chance-là, moi. J'avais quelque part là-bas quelqu'un qui m'aimait plus que n'était aimée n'importe quelle Première dame !

Nous, ici, avec mes sœurs et ma mère, on s'aimait comme à Bangui, mais c'était comme si on s'aimait plus encore. Les attaques que nous avions subies nous avaient rapprochées les unes des autres.

Heureusement, Yokaya savait ne pas trop montrer qu'il était un étranger, un voisin de Centrafrique immigré officiel. Il amena maman dès le lendemain matin chercher un logement. Elle parlait lingala depuis toute petite, mais elle ne le montra pas. Ça lui permettait de comprendre les autres sans qu'ils le sachent et de mieux savoir comment se conduire. Il leur fallut quatre jours pour trouver, louer – et donc finir l'argent qui restait. Heureusement, mon chéri continua à nous adresser de quoi survivre. Et puis on allait et venait pour être tous enregistrés comme réfugiés. Ce ne fut pas facile. Le HCR[1] à Brazza est protégé par des militaires congolais qui font la loi, et le grand jeu c'est de salir les réfugiés, ça veut dire les humilier. Ils étaient heureux chaque fois qu'ils pouvaient verser la honte dans les yeux des demandeurs que nous étions. C'est comme ça, quand t'es réfugié, quand t'es étranger, tu n'es plus un être humain et c'est pas les beaux discours du Nord ou du Sud qui changent quelque chose à ça. C'est pas non plus les Églises qui peuvent sucrer ça. Presque tous ceux qui ici sont maquillés par une religion te maltraitent comme les autres. Étranger, t'es rien d'autre qu'une calebasse ébréchée, et étrangère c'est pire. C'est toujours pire quand t'es une fille ou une femme.

Mais bon, on réussit à être des officielles réfugiées, après beaucoup de larmes, et on participa comme d'autres aux réunions où nos frères congolais officiels

---

1.   Haut commissariat aux réfugiés.

du HCR magouillaient de manière si professionnelle qu'ils avaient certainement obtenu leur diplôme de magouilleur avec la mention très bien. Ils vendaient à leur famille ou à leurs amis des droits à l'immigration dans des pays du Nord, droits qui auraient dû revenir gratuitement à des familles réfugiées. Mais à qui se plaindre ?

Quand une réunion du HCR durait un peu, chacun et chacune bénéficiait d'une boîte de sardines à l'huile, des sardines africaines *made in Maroc,* et aussi d'un morceau de pain. C'est bien, pour les sardines à l'huile, cette possibilité de voyager d'un pays à l'autre sans problème, sans même avoir besoin d'un passeport de réfugié.

La vie avait repris le dessus puisqu'on était toujours vivantes. On essayait de trouver un travail, mes sœurs et moi. Mais travailler c'est pas facile, sauf pour servir dans un bar. Presque n'importe quelle fille peut trouver ce genre de travail… Servir dans un bar. Hum, pas besoin d'être rusée comme Téré l'araignée pour comprendre ce que cache ce travail-là !

La vie, c'était du goutte-à-goutte. C'était un petit événement de rien du tout plus un autre, et les jours passaient. On avait des nouvelles du pays par la radio, par le téléphone, par d'autres qui venaient dans notre cour. Tout allait très mal, c'était pillages et carnages et violages partout dans Bangui notre capitale, là-bas. Entre les morts qu'on retrouvait et qui étaient

comptabilisés par les Blancs missionnés pour la paix
et les morts perdus à tout jamais au fin fond des quar-
tiers ou dans des fosses communes, il n'y avait pas de
grande différence. Un mort c'est un mort, c'est tout.

Le temps passa, et il s'étira tout en longueur !

Mais j'eus enfin une bonne nouvelle, une très
bonne nouvelle. Il m'arriva ce qui pouvait m'arriver
de mieux. Non... je n'attendais pas un enfant ! Si
Rémi m'avait enceintée, ce qui aurait pu arriver, je
l'aurais su depuis longtemps. Non. Mais mon jour
était programmé. Voilà que mon chéri, mon Rémi,
avait pris sa grande décision et qu'il venait de fixer la
date de son voyage à Brazza pour m'épouser. Pour me
marier... moi. En vrai, à la mairie. Quand il m'avait
précisé tout cela au téléphone, j'étais restée sans voix.
J'avais fait un effort et répondu que oui, bien sûr j'étais
d'accord, qu'il le savait, que c'était bien... Entre ce
qui est prévu et ce qui tout d'un coup est là, pas loin,
prêt à se réaliser, il y a tellement d'espace pour le
mensonge, pour le malentendu et l'erreur humaine,
que bon je le savais qu'il voulait m'épouser, que ça
aurait dû se faire à Bangui même. Mais ça avait malgré nous été reculé, c'était devenu presque irréel et là
ça devenait du vrai, du oui, du je t'aimerai toujours
et tous les jours...

Je versai la bonne nouvelle dans l'oreille de mes
sœurs et c'est elles qui donnèrent l'information à
ma mère, qui ne connaissait pas Rémi. Elle savait

depuis longtemps qu'il existait, qu'il avait envoyé l'argent pour le voyage, pour le manioc et la sauce au moment où on dormait dans la faim. Je lui avais raconté à demi-mot mon histoire d'amour. Mais là, au téléphone, il lui demanda lui-même la permission de venir à Brazza pour faire gendre avec elle. Elle lui répondit simplement : « Tu peux venir. » Pas un mot de plus, mais bon, c'était suffisant.

À partir de ce moment-là, ce fut comme si j'avais trouvé un travail à plein temps. Préparer mon mariage en pays étranger, c'était beaucoup à faire, et pas seulement à la mairie. Les papiers pour se marier, c'est plus simple que les papiers de réfugié, mais c'est des papiers, et il y a toujours partout le chef des papiers, le sous-chef des papiers, la secrétaire du sous-chef des papiers, et même le planton qui garde le bureau de la secrétaire du sous-chef des papiers. D'autres encore, et aucun ne souhaite te faciliter la vie. Non, ce serait trop simple d'être un peu disponible, d'avoir de la bonne volonté. On le sait, chez nous, d'un côté ou de l'autre de la frontière, la bonne volonté ça s'achète et c'est pas ceux qui chantent « aimez-vous les uns les autres » qui diront le contraire.

Mais oui, mais ouf, mais vraiment, mais malgré tout et surtout mon état de réfugiée, je réussis avec un peu d'aide à venir à bout des formalités, en un mois de trente jours, et il arriva que je pris mon téléphone pour appeler la France et dire :

« C'est fait. Tu peux venir. Tu peux me marier, j'ai même la date.

— La date ?

— Oui, et c'est dans pas longtemps, ça correspond avec la semaine que tu voulais.

— Quand ?

— Le 26 octobre.

— Le 26 octobre… Bon. Je confirme tout de suite ma réservation. Je serai là. Je serai là… »

5
Mariage

Il arriva. Pas en jet privé mais avec beaucoup d'autres dans un gros avion qui se moqua des nuages pour atterrir exactement à l'heure prévue. J'étais seule à l'aéroport, seule au milieu des autres qui blaguaient. Aucune de mes sœurs ne m'avait accompagnée. Je tremblais, j'étais intimidée, je n'étais pas moi-même. J'espérais quand même qu'il me reconnaîtrait !

C'était la fin de l'après-midi et le soir s'apprêtait à envelopper l'aéroport avant même que ceux qui arrivaient de France ne récupèrent leur valise.

Je sentinellais, on ne peut pas mieux dire. Mon regard estampillait les gros comme les maigres, les Noirs comme les Blancs, et les autres. Pas un passager ne sortait du côté « Arrivée » sans passer au rayon laser de mes yeux. Et puis, il fut là, lui, à quelques mètres de moi. Je mis quatre secondes avant de faire un pas en avant. Il était là des pieds à la tête et j'y croyais pas. Quand on a pensé à quelque chose très fort et que ce quelque chose se réalise pour de vrai… on n'ose pas. J'étais émue, intimidée : je n'étais plus moi-même. Lui, en boxeur bien entraîné, il avait encaissé ma présence, nos retrouvailles, sans aller au tapis. Il souriait. Et puis arriva ce qui devait arriver, il me serra dans ses bras et sa bouche commença à aller venir comme s'il voulait me déguster, m'avaler tout entière, exactement comme il l'avait fait à Bangui. Pourtant, dans l'avion, un repas lui avait été servi, non ?

Je ne sais combien il se passa de temps avant que nous retrouvions nos esprits, avec aussi des mots à la bouche, mais certains qui avaient profité du même vol étaient déjà chez eux quartier Bakongo à raconter leur voyage, c'est sûr.

J'avais loué une chambre dans un petit hôtel de notre quartier. Pas du luxe avec des étoiles. Non. Un petit hôtel simple, avec des chambres pas chères, l'hôtel Cap Sud. Une terrasse, un jardin, un petit restaurant où certainement on pouvait aussi bien manger un *maboké* du fleuve qu'un poulet à la *mwambe* ou qu'un *saka-saka*. Mais Rémi n'avait besoin que de moi comme nourriture terrestre. C'est comme ça, l'amour. Et sans traîner sous la douche où nous partageâmes les mêmes gouttes d'eau, nous nous retrouvâmes sur le drap rose du lit. Le lit grinça, gémit-ci et gémit-ça ! Une bonne natte ne semble pas souffrir quand, bien déroulée, elle accueille un homme et une femme pour une partie d'amour de courte ou de longue durée… Combien de fois on l'a fait ? Je ne sais plus, mais lui et moi on est allés au bout de nos forces. C'est seulement quand la ville s'est réveillée avec le petit jour qu'on s'est endormis, serrés comme deux moitié de cola.

Mon téléphone indiquait dix heures dix quand je me suis levée, soit un peu plus de cinq heures de retard sur mon heure quotidienne officielle. Rémi se rasait. Il avait laissé la porte ouverte et je l'apercevais.

« Rémi… »

Il se retourna, du savon à barbe sur la moitié du visage. Il souriait complètement, mais à cause du savon je ne voyais qu'une moitié de sourire.

« Aïssatou, tu es réveillée, enfin !

— J'ai encore sommeil.

— Il faut faire vite, la journée va être longue, tu sais. La douche va te faire revivre. »

Un quart d'heure après il mangeait une tartine de pain avec de la confiture de mangue et buvait un café noir. Moi, j'avais choisi un bon chocolat crémeux, pas plus.

La maison où j'habitais avec ma mère, mes sœurs et leurs fils n'était pas très loin. Dix minutes de marche, seulement. C'était notre première étape de la journée.

« J'ai le trac…

— Quoi ?

— Le trac. J'espère que ta mère va m'aimer un peu. Que je ne vais pas lui faire peur. Qu'elle ne va pas me prendre pour un voleur de fille !

— Elle va t'aimer, mais elle prendra son temps. Ici, on sait bien que celui qui aime beaucoup le lundi peut avoir changé d'avis et d'amour à la fin de la semaine. »

Je lui tenais la main. Je menais mon boxeur vers ma mère et mes sœurs. Moi-même j'étais un peu craintive.

Les premiers à nous apercevoir attendaient depuis longtemps à la porte de la cour, c'était Amara et Djibril. Ces deux-là, dès qu'ils nous virent, se mirent à courir à notre rencontre. Ils n'étaient pas du tout intimidés par le *moundjou* que j'amenais. En fait, ils étaient intéressés… Les enfants savaient qu'ils auraient un cadeau. Eux qui regardaient du matin au soir les avions qui décollaient ou atterrissaient à Maya Maya, allaient recevoir chacun une belle maquette, A 340 pour l'un, 747 pour l'autre… En ce qui les concernait, l'idéal aurait été que j'amène à la maison chaque jour un nouveau mari avec un nouveau cadeau. Ils reçurent leur petit paquet et sprintèrent vers la maison. Mes sœurs nous attendaient et maman aussi. Elles étaient, il faut le dire, un peu nerveuses. Rémi n'en menait pas large, c'est ce qu'il m'avoua, mais je ne compris pas. Il embrassa tout le monde. Après les embrassades… rien !

Ma mère ne parlait pas et Rémi était bloqué.
Il aurait fallu que l'une de nous ait le talent de Yéyé
Mou Nyama[1] pour que les sourires reviennent, et les
mots de bonne humeur. Heureusement, les enfants
avec leurs avions miniatures rivalisaient avec les
divers atterrissages et décollages de Maya Maya, ce
qui permit quelques commentaires des uns et des
autres. Après un quart d'heure sans véritable palabre,
je compris que si Rémi et moi on s'était parlé du premier coup pour tout se dire, c'était à cause de l'amour
fou qui nous avait donné la fièvre. C'est par délire
d'amour fou que notre histoire avait commencé. Mais
là, mes sœurs qui avec leur langue droite s'étaient
moquées mille fois de moi et de mon *moundjou* et
de mes enfants métis à naître... qui seraient peut-
être même plus blancs que noirs... n'osaient pas
dire un mot... C'était comme si elles avaient peur
que le français leur écorche la bouche. Maman, elle,
c'était autre chose. Elle se méfiait de tous les Blancs
du monde, et pas seulement parce que ses parents
avaient grandi avant les indépendances. Non. Les
Blancs elle croyait tous les connaître, depuis l'époque
où les militaires français étaient basés à Bangui, bien
avant et bien après l'opération Barracuda[2], donc. Les

---

1. Célèbre comédien humoriste de Centrafrique.
2. Nom de l'intervention militaire française qui ren-
versa en septembre 1979 l'empereur Bokassa Ier.

Blancs habillés, là, avaient enceinté de nombreuses filles, et rares étaient celles qui avaient suivi ensuite leur beau militaire au pays du Tour de France. C'était des militaires de passage qui vivaient des amours de passage ici avant d'en vivre ailleurs.

On avait beaucoup à faire Rémi et moi, et « beaucoup à faire » ce fut un bon prétexte pour partir à l'ambassade et à la mairie. Pas de problème, j'avais fait tout très bien et notre mariage était déjà programmé pour le samedi.

Pour que tout soit parfait, il faut la robe, la robe blanche. On n'est plus des sauvages, nous les Africaines, et on sait très bien que pour qu'un mariage soit réussi, il faut une robe blanche.

Les femmes blanches portent pour l'occasion une robe blanche, est-ce qu'une femme noire devrait porter une robe noire ? Je pose la question pour rire, parce que moi c'est une robe blanche que je voulais, un point c'est tout. Je me mariais pour la première et dernière fois de ma vie, j'en étais sûre. Aussi j'avais dit à Rémi : « La robe, on va la louer, ce sera moins cher et elle sera aussi belle, crois-moi. »

J'avais repéré le magasin de location M&M, soit Mille Mariages. On y est allés en fin d'après-midi. Une autre cliente faisait son essayage, elle parlait le lari et un peu le français. J'ai eu affaire à la patronne du magasin, une doyenne qui avait probablement vu passer là les trois quarts des mariées de la ville ! Elle me regarda de haut en bas et décida pour moi :

« J'ai exactement ce qu'il te faut pour être belle. Une robe que personne d'autre n'a portée, elle vient d'arriver de Paris, une robe bustier en satin perlé blanc. »

Je savais ce que je voulais, une robe en taffetas et tulle blanc, mais la patronne ne m'avait pas laissée parler. Elle se dirigea vers un mannequin qui portait la robe qui venait d'arriver de Paris. Super ! Bon, le mannequin était blanc-rose et non noir-noir, mais la robe donnait envie de se marier tous les jours de la semaine !

La patronne ajouta :

« Je peux te le confier, ma fille, elle arrive tout droit de chez Tati. Une robe comme ça, à Paris, pour l'acheter il faut dépenser au moins deux cents euros. Moi, je peux te la louer quarante-huit heures pour... »

Elle hésita, et là je compris mon erreur. J'étais entrée avec Rémi, un Blanc ! Autant dire avec un riche. C'est comme ça, t'es blanc alors t'es riche, et difficile de faire croire le contraire à un Bantou ou à un Mandingue, je le savais bien, moi qui avais une mère yakoma et un père malinké. Je pris les devants :

« Maman, si c'est cher, c'est pas possible. Le voyage en avion a pris tout l'argent de mon chéri. »

Elle se tourna vers Rémi et durement lui demanda :

« Mais c'est quoi ça ? Cette petite, là, il faut l'honorer quand même. Elle ne va pas se marier trente-six fois dans sa vie. Il lui faut cette belle robe là. »

La maline ajouta sur le ton de la confidence :

« Quand tu vas la déshabiller... Quand tu vas lui enlever cette robe-là précisément, tu vas devenir fou. Est-ce que tu as déjà déshabillé une princesse ? »

Rémi tenta de répondre hardiment mais il ne trouva que :

« Non, une princesse, jamais !

— Alors tu lui prends cette robe-là, et le soir de ton mariage tu connaîtras l'amour pimenté d'une princesse. Crois-moi, c'est une robe fétichée. »

Heureusement, j'ai une bouche africaine et avec la patronne, on a parlé et parlé et on a réussi à se mettre d'accord sur un prix convenable. Je suis même partie avec la robe, après que mon Rémi eut laissé la caution et réglé pour deux jours. Ça me donnait le temps de l'essayer devant mes sœurs, de les rendre un peu jalouses et de m'habituer. Certaines filles disent que ça porte malheur de mettre sa robe en avance. S'il fallait tout croire, on arrêterait de respirer sans doute.

Quand on est repassés à la maison, ma maman et mes sœurs étaient là. Maman préparait et mes sœurs lavaient à grande eau les enfants qui étaient aussi nus que le jour de leur naissance. Des enfants ! J'étais bien partie pour en avoir à mon tour, mais peut-être que j'attendrais un peu..., le temps de changer de nationalité.

*

La nuit venait d'arriver, Rémi s'assit près de maman, sur la marche d'entrée. La cuisine était dans la cour et bénéficiait par la fenêtre du salon de l'éclairage intérieur.

Ils parlèrent un peu un peu cuisine. Rémi raconta que le midi en semaine il mangeait au restaurant municipal avec des collègues, mais que le week-end, il se faisait lui-même à manger, des pâtes surtout, sauf quand il s'achetait une pizza ou qu'il était invité chez sa mère ou chez sa sœur.

Mama écoutait sans rien dire. Quand Rémi demanda :

« C'est quoi vos spécialités ? »

Elle mit un petit moment avant de répondre :

« J'en ai pas de spécialité. Je ne suis pas assez riche pour ça ! »

Il fallut que j'emmène ma bouche dans leur conversation pour parler du *yabanda*, du *goundja*, des feuilles *kuko* et des chenilles.

Ma mère fit une longue phrase ensuite :

« Si un jour tu arrives en France, tu mangeras comme les Blancs et tu deviendras grosse. Tu regretteras tout ce que tu as connu ici. Même, tu regretteras les nuits où tu as dormi dans la faim. »

Je comprenais un peu ce qui se cachait derrière ses mots. Tout d'abord la tristesse de me voir partir bientôt derrière mon mari, même si elle comprenait que j'avais saisi ma chance ; la tristesse de me voir épouser un Blanc qui donnerait probablement la moitié de sa blancheur à ses petits-enfants…

C'est comme ça, les mères sont inquiètes, elles savent que c'est bien pour leurs filles de se marier, mais elles pensent aussi que tous les maris sont des voleurs, des profiteurs, des malfaiteurs, des *bouba zo*[1], comme dit si bien la langue sango.

On resta moins d'une heure et on rentra à l'hôtel. On se passa sous l'eau fraîche, qui enleva une partie de notre fatigue, et on descendit manger simplement un poulet braisé et de l'*aloko*[2]. Pas de vin de Bourgogne pour accompagner notre dîner mais de l'eau cachetée, une grande bouteille de Mayo.

Après le repas, nous fîmes de nouveau grincer le lit, avant de nous endormir dans une sorte d'imbroglio corporel. Oui, imbroglio corporel, ça existe

---

1. Vaurien.
2. Banane plantain frite dans l'huile. On connaît cette spécialité dans toute l'Afrique ou presque.

puisqu'on venait de l'inventer. On dormit dans de l'embrouillamini, tellement serrés que difficile de dire si j'étais moi ou si j'étais lui, s'il était lui ou s'il était moi.

*

Le jour J était là et l'heure H n'était pas loin. Je m'étais levée à cinq heures du matin et j'avais passé au moins quinze minutes sous la douche. Celui qui a inventé l'eau n'a pas perdu son temps, parce que l'eau ça réveille, ça apaise, ça caresse et encore plus. Je suis descendue boire deux grands cafés et manger un gros morceau de pain. J'avais à peine fini mon petit déjeuner que mes sœurs arrivèrent. Elles venaient me chercher, pour m'habiller et tout et tout… Rémi qui se levait tout juste nous rejoindrait dans deux heures. C'est à la maison chez mama que tout le mariage s'était donné rendez-vous à neuf heures du matin, la cérémonie ayant lieu à dix heures quinze à la mairie.

Je riais pour un oui et pour un non tellement j'étais énervée, et en même temps j'avais des larmes qui me perlaient des yeux. Mes sœurs s'étaient fait coudre une robe dans un même pagne jaune, mama avait prévu un haut blanc et sa longue jupe noire. Les deux garçons seraient en jean et tee-shirt blanc.

Yokaya, notre parent qui nous avait si bien accueillis à notre arrivée de Bangui, arriva avec sa

LA PATIENCE DU BAOBAB

femme Mami-Belle, en taxi, avec au volant *koya*[1] Guy, un parent lui aussi, un grand-oncle né ici dans la banlieue de Brazza.

J'aperçus dans la cour quatre voisines qui s'étaient invitées.

Quand je sortis de la chambre, devant mes sœurs qui s'étaient occupées de moi, je n'étais plus moi-même. C'était comme si je marchais sur un nuage. J'avais ma robe blanche de princesse et j'étais devenue princesse. Ma robe, tout le monde l'admirait, mais le plus formidable c'était mes chaussures noires à hauts talons. Changer de chaussures, c'est changer de vie, pas moins. Je n'étais plus réfugiée, je n'étais rien d'autre qu'une princesse, comme celle du conte qui avait chaussé une paire de souliers magiques pour aller au bal. Dans pas longtemps, en plus, je serai Mme Romner, épouse de Rémi Romner, Français de France.

C'est *koya* Guy, peut-être parce qu'il était le doyen de l'assemblée, qui me devina tout de suite. Il constata :

« Aïssatou, c'est pas Dieu possible, tu es une princesse ! »

Je souris. Une vraie princesse ne peut pas éclater de rire et réveiller le quartier, quand même. Je lui demandai :

---

1. Oncle.

91

« Est-ce que seulement tu en connais, toi, des princesses, *koya* ?

— Des princesses… »

Il réfléchit un instant et me répondit :

« Oui, j'en connais et je peux dire que là, présentement, tu es aussi belle qu'elles.

— *Qu'elles*… mais lesquelles ?

— Tu es aussi belle que Yennega[1], aussi belle que la Sarraounia[2]… »

Je n'eus pas le temps d'en demander plus parce que tout le monde m'applaudit. Bon, tout le monde ça ne faisait pas beaucoup de mains, mais pour réussir un mariage, inutile, je crois, d'avoir derrière soi une foule aussi considérable que celle qui assiste à la finale de la CAN[3].

Koya Guy se fit encore entendre :

« Il faut partir à présent, les embouteillages de Brazza se moquent bien des mariages. »

Ma grande sœur Khadidja observa :

« Il manque le marié. »

C'était vrai. Rémi n'était pas encore arrivé. Mami-Belle, s'adressant à ma mère, lança :

---

1. Mère du fondateur de l'Empire mossi.
2. Fille du roi Serkin, elle mena la lutte au Niger contre la colonne des capitaines Voulet et Chanoine qui se prenaient pour des dieux !
3. Coupe d'Afrique des nations de football.

« Il a peut-être changé d'avis… Un Blanc ou un Noir, c'est du pareil au même, c'est un homme, un point c'est tout… »

Son téléphone ne répondait pas.

Trois taxis y compris celui de *koya* Guy attendaient que je donne le départ. Je missionnai les garçons, Amara et Djibril, l'un au coin de la rue et l'autre au portail. À eux de faire le guet et de nous prévenir dès que Rémi serait en vue.

L'attente (l'inquiétude !) dura moins de cinq minutes. Amara qui était au portail avait vu le signe de Djibril et il cria :

« Il arrive ! »

Et Rémi arriva, comme le sauveur ! Super classe il était. Un costume léger, blanc cassé, des chaussures noires classiques et un nœud papillon. Oui, un nœud papillon à fleurs rouges.

Il s'approcha de moi et avoua :

« J'ai un peu de retard parce que j'avais oublié les alliances. »

Les alliances ! Il avait refusé de me les montrer. Je lui avais donné la taille de mon annulaire gauche. Les alliances, il les avait amenées de France. Des alliances en or, il m'avait précisé.

Sans perdre un instant on monta dans les taxis et on partit. Toute princesse que j'étais, j'étais déjà un peu oubliée. Tous les regards s'étaient portés sur Rémi et à présent toutes les bouches parlaient de lui.

Il était le seul Blanc du mariage il faut dire, et en plus… c'était lui le marié ! Une seconde je pensai au mariage d'Ambroisine à Bangui.

La mairie nous attendait et M. le maire aussi. Nous arrivâmes juste à l'heure. Rémi fit observer :

« Avant l'heure c'est pas l'heure, après l'heure c'est plus l'heure. »

Il plaisantait, alors que moi je tremblotais d'émotion dans mes petits souliers à hauts talons.

Koya Guy et Yokaya s'étaient portés volontaires pour être mes témoins. On réquisitionna deux grosses femmes souriantes invitées du mariage suivant pour être les témoins de Rémi. Un instant j'ai cru que l'une d'entre elles allait me voler mon Rémi. Elle lui laissa son contact et lui fit un clin d'œil. Il s'en est fallu de peu que je ne lui donne un coup de pied bien placé au milieu de ses *barricades*[1] et un autre dans son *pays bas*[2].

Le maire nous maria. Il fit cela avec sérieux, un peu comme s'il négociait la paix entre son pays et des rebelles. Dire que j'ai bien entendu et bien retenu son discours, ce serait mentir. J'étais comme ailleurs, déjà en France peut-être, ou dans un autre

---

1. Au Congo Brazzaville, se dit du postérieur proéminent des Congolaises.
2. Au Congo Brazzaville, nom commun du sexe féminin.

pays imaginaire. Mais je dis « oui » au bon moment, Rémi aussi. Et il me passa l'alliance au doigt ! Après quoi, il mit son alliance et il m'embrassa sur la bouche. Ça ! C'était fait, on était mariés, on était mari et femme devant les hommes et sur les photos des uns et des autres. Pas encore devant Dieu, mais Dieu nous retrouverait dans une église quelque part en Bourgogne. Le curé de là-bas avait juré à Rémi qu'il ne ferait pas de problème, sachant que j'étais de confession musulmane. C'est donc dans sa région qu'on finaliserait comme prévu notre mariage. Dieu, en nous attendant, patienterait peut-être avec une ou deux bonnes bouteilles de chablis.

J'étais mariée. J'étais une madame. Mes sœurs avaient chacune un enfant mais pas de mari, ainsi va la vie !

Il me fut assez facile de redescendre sur terre après la cérémonie, parce que j'avais mal aux pieds.

On se retrouva tous dans la cour chez mama. Il y avait à boire du jus en veux-tu en voilà, une bouteille de champagne amenée de France par Rémi et trois bouteilles de vin aligoté ! De l'aligoté, du vrai.

« Le vin, c'est le génie des hommes », répéta dix fois Rémi qui ouvrait les bouteilles.

Je bus de l'aligoté pour la première fois de ma vie. Du bon, très bon. Je savais qu'avec ça, je ferais dans pas longtemps l'amour comme peu de princesses savent le faire.

Et puis deux heures plus tard, on resta en petite famille. Rémi avait eu droit à quelques blagues concernant les négresses qui tenaient ou ne tenaient pas leurs promesses au lit.

Rémi avait ôté sa veste et son nœud papillon. Il avait même noué un morceau de pagne pour protéger son pantalon. Moi, je n'avais pas envie de me changer. Ma robe de mariée, je voulais la porter jusqu'au bout, jusqu'à la limite.

Mes sœurs avaient préparé du riz et du poisson fumé. On mangea sans trop parler. Bizarrement, il y avait comme un peu de tristesse dans l'air. Maman pensait certainement à son défunt mari, et peut-être à la vie qu'elle aurait eue s'il n'était pas mort si vite. Mes sœurs, tout en m'aimant autant qu'avant, me jalousaient un peu. Heureusement, Amara et Djibril avaient encore de l'énergie, assez pour promettre à mon mari le poteau de torture s'il ne les faisait pas vite venir en France. Djibril, le plus grand, ajouta :

« À Bangui, à l'école, j'ai appris *Allons enfants de la patrie* ! »

*

Mon mariage était presque derrière moi. Pas tout à fait puisque mon chéri n'avait pas encore imité les oiseaux en s'envolant pour son pays. Je le suivrais dans pas trop longtemps, c'est ce que j'espérais. Chez lui, avec lui, je ne serais plus en exil. Je serais chez moi. En Bourgogne, il y a du raisin noir et du raisin blanc, ces deux-là donnent du bon vin, c'est ce qui se dit…

En attendant son envol, que faire d'autre que du corps à corps ? Tenter de prendre un peu d'avance sur le temps qui s'écoulera avant qu'on se retrouve. Ça va durer un mois ou trois mois. C'est comme ça. Dans les ambassades de France, les fonctionnaires qui s'occupent des papiers ne sont en général pas disposés à travailler une minute supplémentaire pour que ceux qui s'aiment se retrouvent. Ils sont blancs, mais ils ressemblent aux Africains : ils sont jaloux ! Le bonheur, l'amour des autres, ça les indispose. C'est comme si c'était quelque chose qu'on leur prenait.

C'était le soir, la nuit était bien en place. Une nuit épaisse. J'aurais pu m'appuyer sur elle comme contre un mur. Elle faisait barrage aux bruits de la ville et aucun animal nocturne ne pouvait l'écorcher avec ses cris.

C'était une nuit pour tout chuchoter à celui ou à celle qu'on aime. Une nuit assez insolente pour effacer le temps qui passe. Cette nuit-là, nous ne fîmes l'amour qu'une seule fois, je crois. Mais cette fois-là dura dura dura… Pas pour mesurer le temps ou l'espace, mais simplement pour que le corps de l'un prenne l'empreinte du corps de l'autre ; pour que les cœurs s'accordent, qu'ils soient au diapason, pour une même vie à venir quoi.

6
L'ambassade de France

Il s'était envolé et j'avais pleuré. Les larmes, je les avais tellement prévues qu'elles arrivèrent avant le dernier baiser. Les derniers baisers, c'est pas ça... Ça n'a aucun goût d'amour, les lèvres et la langue font ce qu'elles peuvent mais la tête n'y est pas.

J'étais rentrée à la maison, et la vie, pour l'essentiel, avait repris exactement comme avant, même si à présent je m'appelais « madame ». L'essentiel, c'est manger à sa faim ; après, c'est dormir. Pour Djibril et Amara, dans l'essentiel, il y avait aussi aller à l'école. Ça, aller à l'école, c'est pas très facile. L'école officielle du pays ne fonctionne pas vraiment mieux ici qu'à Bangui, aussi si tu veux que ton enfant apprenne un peu, mieux vaut choisir une école privée. Ça ne manque pas, mais il faut payer sinon les enfants sont mis à la rue. C'est banal. Peut-être même qu'un jour un président inventera une taxe pour avoir le droit de séjourner dans la rue.

Ceux qui sont en haut du haut ne savent rien de la vraie rue. Ils croient que c'est pour se promener, ou pour aller au marché ou ailleurs...

Djibril et Amara ne sont que deux enfants, mais ce sont des réfugiés. C'est pas tout à fait comme s'ils avaient la peste ou Ebola, mais pas loin. « Aimez-vous les uns les autres », crient plus fort les unes que les autres les Églises, mais toutes les « grenouilles de bénitier », comme disait Rémi, s'empressent d'ajouter : « mais méfiez-vous des réfugiés, ils prennent notre travail, ils volent notre argent... » Bref, réfugié c'est une maladie honteuse, on l'a tout de suite compris quand on a voulu avoir accès au HCR après notre arrivée. Les petites humiliations de nos frères noirs avant de te permettre d'arriver aux bureaux, et leurs grandes magouilles ensuite pour te déposséder de tes petits droits au bénéfice de leur famille, ça pourrait faire des articles de presse s'il y avait une vraie presse.

J'étais passée par là, par le HCR, moi qui avais été blessée lors de l'attaque à Bangui quand j'avais voulu fuir pour ne pas être violée, alors j'étais prête à aller à l'abordage de l'ambassade de France avec mon dossier sous le bras pour faire régulariser mon mariage. J'étais Mme Romner, j'étais l'épouse d'un Français, et Rémi m'avait dit avant son départ : « Les fonctionnaires de l'ambassade ne sont pas plus français que moi. Ils paient des impôts comme moi et certains probablement votent comme moi aux élections. » Rémi était un peu revenu sur ce qu'il avait dit quand il avait découvert l'ambassade française de Brazza avec ses grilles capables de retenir une horde d'orangs-outans, et sa guérite à l'entrée, genre abri anti-atomique. Il avait constaté avec humour : « Depuis la jeunesse de mon arrière-arrière grand père et la ligne Maginot, nous les Français on a fait des gros progrès. » La ligne Maginot ? Il avait été nécessaire que j'apprenne ce que c'était. J'avais fait une recherche au cyber. Chaque fois que j'entendais un mot nouveau ou une expression française qui m'était inconnue, j'avais hâte d'en savoir plus. C'était comme des obstacles qu'il me fallait franchir pour me préparer à être française dans quelques années. Ce matin-là, en arrivant avec mon dossier sous le bras, j'allai vers la guérite en me demandant quand même pourquoi les Français officiels calfeutrés dans leur ambassade avaient toujours peur des Africains du pays où ils résidaient : quels reproches craignaient-ils, quelle colère, pour quel crime impayé ? Vraiment !

Le planton de service, Africain d'une société privée, entrouvrit de deux centimètres sa vitre blindée et après m'avoir écoutée m'informa :

« Tu ne peux pas entrer comme ça. Il faut un rendez-vous. Il te faut du crédit sur MTN et tu téléphones pour prendre rendez-vous. »

Bon, j'étais venue pour rien. J'avais traversé la moitié de la ville et patienté dans les embouteillages et la pollution. Tout cela pour rien, mais avec un bon rendez-vous je pourrai déposer mon dossier. Je n'avais plus qu'à rentrer et à téléphoner. J'avais le numéro de l'ambassade, et le téléphone ça franchit aussi bien les guérites que les grilles et les portes blindées des bureaux. Ça franchit les mers et les déserts aussi, j'entendrais mon chéri avant la nuit certainement.

Ce qui est bien avec les embouteillages, c'est qu'avec le temps que tu y passes, tu sautes facilement un repas. Comme tu as mis l'argent du repas dans le transport, tu ne dépenses pas plus.

Dès mon retour, je téléphonai, mais la secrétaire qui prenait les rendez-vous n'était pas là. On me demanda d'appeler le lundi suivant. On était mercredi, j'attendrais, impossible de faire autrement. Savoir attendre c'est une vertu africaine, les Blancs sont forts, ils savent ça. Si j'avais connu l'ambassadeur lui-même ou son épouse, ou si j'avais été amie avec sa fille, ça aurait été différent. Mais est-ce qu'il avait seulement une fille ? Et puis, je savais bien qu'une Blanche fille d'ambassadeur ne pouvait pas être amie avec une simple fille noire de quartier. Peut-être que ça c'est possible dans une série télé du Nigeria, mais dans la vraie vie, non, ça n'existe pas.

J'oubliai ma fatigue, je pris une douche derrière la maison avec un grand seau d'eau fraîche et je demandai à ma maman si je pouvais l'aider à préparer :

« Tu peux. Tu es là, non ? »

Avant son départ, Rémi avait offert à la famille plusieurs paquets de pâtes et un sac de vingt-cinq kilos de riz. Ce soir, ce serait pâtes et tomates et oignons : un régal.

Maman avait allumé le feu et dans la marmite elle jeta un peu d'huile rouge. Moi j'avais déjà épluché trois oignons et je pleurais en m'en prenant au quatrième.

« Ma fille, les larmes, là, c'est les oignons ou c'est ton chéri ?

— C'est les deux.

— Tu vas le retrouver vite. »

Elle prit le temps d'une respiration et ajouta :

« T'es sûre qu'il n'a pas déjà une femme en France ?

— Oui. Il n'en a pas.

— Hum… »

Elle se demandait, et elle me demandait vingt fois par jour, pourquoi un homme blanc, un jeune, en bonne santé, venait chercher une femme noire en Afrique. Lui expliquer comme je l'avais fait que c'était par amour que j'étais devenue sa femme et qu'en amour il n'y a pas de couleur, pas de distance, pas de climat, ça ne suffisait pas. Pour elle, il y avait un secret qu'on lui cachait, ça ne pouvait pas être autrement.

Elle savait comme moi que presque toutes les filles de notre quartier, ici à Brazza comme à Bangui, auraient choisi d'être blanches si un génie leur avait adressé la parole et offert de choisir. Blanche c'est pas « mieux », c'est pas « pire » non plus, mais c'est plus facile dans le monde.

La preuve de ça, c'est que si tu demandes à un Blanc ou une Blanche de choisir, il ou elle répond toujours que c'est mieux de laisser les choses comme elles sont : « Je suis blanche, tu es noire, restons-en là. » Facile à dire…

Choisir une femme noire ! Il était fou ou quoi, ce *moundjou*-là ?

*

J'avais deux cahiers, le gros avec les mots du vin et les expressions françaises, et l'autre, le vieux sur lequel j'avais noté le nom des meilleurs joueurs de la CAN et le nombre de buts qu'ils avaient marqués. Il me restait de nombreuses pages blanches. Très bien. Je commençai à noter mes jours d'attente, une barre chaque jour : quatre barres qui formaient un carré, soit quatre jours, et une en diagonale, cinq jours. Le lundi suivant, je traçai mon sixième bâton sur la page. Le lendemain matin, mardi, je téléphonai. Moins d'une minute d'attente après le standard, ce qui ne me mangea que peu de crédit, j'entendis une belle voix française, de femme, me dire aimablement :

« Secrétariat de Mme Frugaler, j'écoute. »

Cette voix me remplit tellement d'émotion que j'eus du mal à trouver mes mots. Elle était prête à m'écouter, c'était comme si elle m'avait dit : « Ton mari est français comme le mien, alors soyons amies. » Je pris sur moi, pour ne pas trembler et parler mon meilleur français :

« Bonjour, je voudrais un rendez-vous avec Mme Frugaler, s'il vous plaît.

— Oui… C'est à quel sujet ?

— C'est pour mon dossier, pour déposer mon dossier.

— Oui ?

— J'ai épousé Rémi à Brazzaville il y a quelques jours. Rémi, un Français, et je veux faire officialiser notre mariage par les services de l'ambassade, le transcrire.

— Bien sûr. Attendez voir… »

Elle se tut. Je ne savais pas si je devais lui donner des précisions supplémentaires. Le silence était tellement lourd que j'eus peur que ce salaud de réseau qui va et vient à sa guise ne me laisse là, coupée du monde. Mais la secrétaire reprit la parole.

« Je peux vous proposer le 19 novembre dans l'après-midi, à quatorze heures trente ou seize heures trente, comme vous voulez. »

Comme je voulais ! Je fis appel à tout mon courage et je dis doucement, très poliment :

« Mais le 19 novembre, c'est dans longtemps, ça fait beaucoup…

— Je sais bien que c'est dans longtemps, mais on est surbookés. Je n'ai aucun rendez-vous possible avant.

— Bon. Alors à quatorze heures trente.

— C'est noté, quatorze heures trente, mardi 19 novembre, mais épelez-moi votre nom. »

Mon nom ! C'était la première fois que j'avais officiellement à dire mon nouveau nom. Heureusement que j'étais au téléphone, parce que je rougis comme si je l'avais volé, ce nom qui était à moi, que l'on m'avait donné ! J'épelai : Aïssatou R-O-M-N-E-R.

Ce soir-là, avant le repas, pendant le repas et aussi après, je me questionnai, des questions du genre : « Comment allez-vous, madame Aïssatou Romner ? Votre voyage pour venir nous voir à Brazza n'a pas été trop fatigant, madame Aïssatou Romner ? Vous n'avez pas peur en avion, madame Romner ? » Et Mme Romner, toujours aimable, répondait : « Je vais bien… J'ai fait un excellent voyage… Je n'ai jamais eu la moindre peur en avion. »

Avant de dormir, je traçai au crayon sur mon cahier toutes les petites barres représentant les jours d'attente avant mon rendez-vous. J'en avais, des jours

à attendre avant de déposer mon dossier, sans compter les nuits ! Avec mon Bic, je repasserai sur chaque
barre provisoire, une fois par jour.

Comment faire pour que le temps qui passe et qui
ne sert à rien passe plus vite ? Je décidai de lire un
livre français. Un bon livre français, ça m'apprendrait
un peu la France certainement, et aussi à mieux maî-
triser la langue française. Je n'avais pas beaucoup de
jetons à dépenser pour un livre, mais en cherchant
bien sur le tapis d'une « librairie par terre », je devrais
trouver. Les « librairies par terre », c'est comme les
friperies : si tu cherches, tu trouves. Il faut prendre
son temps. « Prendre son temps », vraiment c'est
une drôle de manière de parler le français, ces mots
attachés ensemble, une expression qui dit : « prendre
son temps ». Je pouvais le « prendre », mon temps,
par la main, ou dans mes bras… Je n'avais que cela à
faire en attendant le 19 novembre.

Mais j'avais un programme : trouver un livre, et
j'ajoutai en titre sur une page blanche de mon cahier :
trouver des expressions avec le mot « temps ». En
dessous, je notai bien sûr « prendre son temps » et
j'ajoutai même « sale temps ». C'est Rémi qui sans
le vouloir m'avait offert cette dernière trouvaille, au
téléphone. Il faisait selon lui un « sale temps » en
Bourgogne pour un milieu d'automne.

J'allai au marché quartier Moungali, où je cher-
chai un livre. Il y avait bien sûr des auteurs français

que je connaissais, j'étais allée à l'école quand même, et Molière ou Victor Hugo, j'avais passé du temps avec eux. Pour Molière et ses *Femmes savantes*, j'avais même eu de bonnes notes. Mais ce que je voulais, ce n'était pas un livre d'école, c'était un livre d'aujourd'hui, avec des Français d'aujourd'hui dans la vie d'aujourd'hui. Si possible un livre pas trop poussiéreux, avec toutes ses pages. J'avais le choix. Après avoir un peu cherché, un titre par terre me sauta aux yeux : *Fou l'amour*. Ça, *Fou l'amour*, c'était probablement très bien : un livre d'aujourd'hui et écrit par un Français, Louis Jestin.

Dans le bus, je serrai tout d'abord le livre dans mes deux mains, comme si l'écriture allait ainsi entrer dans mon corps ; ensuite je lus le résumé sur la couverture, et là je sus tout de suite que je ne m'étais pas trompée puisque Greg, le héros du roman, affirmait qu'il fallait « être de son temps ». J'avais non seulement trouvé le livre qu'il me fallait, mais après « sale temps », j'avais une troisième ligne à écrire : « être de son temps ». Et puis le résumé s'achevait en disant : « Aimer, c'est quelquefois être fou, être fou d'amour… » Peut-être que les héros étaient lui blanc et elle noire comme pour Rémi et moi. Mais non, elle Rosine était aussi blanche que lui, même si elle avait à peu près le double de son âge.

Ce soir-là je commençai à lire, à la lumière tremblotante de la lampe à pétrole. J'avais payé une

107

bouteille de *maggi* pleine de pétrole, je pouvais lire au moins cent pages avant de manquer de carburant.

Au début, c'était pas si facile ce livre, mais après quelques pages ça m'a plu. J'ai lu de Paris jusqu'en Bretagne, à peu près vingt-cinq pages. Le héros partait seul chez son grand-père et sa grand-mère passer un peu de ses vacances au bord de la mer. Page à page, j'ai voyagé en TGV pour la première fois de ma vie ! Pour ça, lire c'est formidable.

J'étais déjà en France, même si Greg, dans le train, lisait un livre américain, assis près d'une *ma mère*[1]. Je ne vais pas raconter l'histoire, chacun peut la lire, mais je crois qu'avant la dernière page je connaîtrai aussi bien la Bretagne et son bord de mer que la Bourgogne et son vin de première classe que j'avais déjà beaucoup étudiés.

Quand il faut attendre et attendre, comme c'était mon cas, on voudrait tuer le temps. Ça y est, comme ça, sans même chercher, voilà que je viens de pêcher sur le bout de ma langue une nouvelle expression avec le mot « temps ». « Tuer le temps. » Oui, me voilà à présent avec des envies d'assassin. Le tuer comment ? au couteau ? ou l'empoisonner comme le veut la tradition africaine ? le tuer à la kalachnikov pour faire moderne ? le noyer dans du bon vin ou dans le

---

1. Nom générique des religieuses catholiques dans de nombreux pays africains.

fleuve ? Plusieurs jours et même plusieurs semaines passeraient avant que je me décide… Mais pas facile de le faire mourir un peu pour ensuite vivre heureuse, comme une « femme de son temps ».

Bon, au réveil je repassai une nouvelle barre sur la page de mon cahier, pour oublier hier et tracer une marche vers demain. Et le demain de demain et de demain arriva enfin. Ça y était, j'y étais, le 19 novembre était enfin là. Ma grande sœur Khadidja m'avait tressée. J'avais enfilé pour le bas un pantalon noir et, pour le haut, un haut que Rémi m'avait offert, un haut H&M bleu clair. Sur moi, pas la moindre trace de pagne. J'avais déjà une allure française et je savais mille choses sur la Bourgogne par Rémi et mille choses sur la Bretagne par mon *Fou l'amour*. J'étais tout à fait prête, et, mon dossier dans mon cartable, je partis prendre le bus, direction l'ambassade de France, centre-ville.

Je connaissais chaque pièce de mon dossier par cœur et mon cœur pouvait prouver tout de suite à n'importe qui que j'étais bien mariée, dans les règles, à un Français ; que c'était un vrai mariage, et que Rémi et moi on voulait le consommer pendant au moins cent ans !

J'étais en avance. À quatorze heures, j'étais déjà en vue de l'ambassade, le cœur battant à cent à l'heure. Je marchai un peu, passant et repassant devant les grilles, et puis avec dix minutes d'avance je me présentai. Le planton, je ne l'avais jamais vu. Il m'écouta, me demanda d'attendre dix secondes, vérifia et me permit d'entrer. Il m'indiqua même par où aller pour trouver directement le « service de l'état civil et de la nationalité » qui allait s'occuper de moi. Beaux jardins. J'étais déjà en France…

J'entrai dans le bâtiment, et là, je demandai le bon bureau, parce que des bureaux, il y en avait au moins trente-six ! Une très jeune fille, peut-être une stagiaire, me renseigna ; elle me précisa que la secrétaire n'était pas encore arrivée. C'était à droite au fond du couloir. J'y suis allée. J'y suis entrée. Je me suis retrouvée dans une pièce d'attente, avec quatre chaises vides. Je me suis assise. Au mur en face de moi, il y avait dans un cadre une photo représentant un pont inachevé, le pont d'Avignon. En plus petit était noté sous le titre LE CÉLÈBRE PONT SAINT-BÉNEZET, CONNU DANS LE MONDE ENTIER GRÂCE À LA CÉLÈBRE CHANSON. Célèbre chanson ? Je ne la connaissais pas cette chanson, moi. Je recopiai tout de suite les informations sur une page de la revue *Elle* qui était là, à disposition de ceux qui attendaient. Pour devenir encore plus vite française, il fallait certainement que j'en sache un peu plus sur ce célèbre pont d'Avignon.

La page bien rangée dans mon cartable, je regardai mon téléphone. Il indiquait quatorze heures quarante-cinq. J'attendis. Depuis que j'étais entrée dans cette pièce je n'avais vu personne. J'avais plusieurs fois entendu dans le couloir des voix qui parlaient la langue française. Mais pas un seul mot en sango, pas un seul mot en lingala.

D'un seul coup une porte s'ouvrit et une femme bien habillée, en robe rose et jaune boutonnée sur le devant, une maman, me demanda :

« Madame Romner ? »

Je me levai d'un seul coup et sans réfléchir je répondis :

« Oui, c'est moi-même.

— Entrez. »

Je la suivis dans son bureau.

« Alors ? Vous venez me voir pour quoi ?

— Je me suis mariée voilà un mois, ici à Brazzaville avec Rémi, un Français qui habite à Auxerre, et je viens pour la transcription de l'acte de mariage. »

Ouf, j'avais tout dit très bien sans me tromper. Elle prit mon dossier et le feuilleta. C'était pas un gros dossier. On pouvait le comprendre très vite.

Quand elle leva la tête, elle me regarda comme si j'avais fait quelque chose de mal. Elle me dit un peu sévèrement :

« Vous n'êtes pas congolaise ! »

Non, je n'étais pas congolaise, ce qui n'est pas un crime quand même. Elle continua :

« Ma petite, je vois que vous êtes centrafricaine… réfugiée… »

111

C'était vrai, j'étais centrafricaine, j'étais réfugiée, c'était dans mon dossier. Je n'avais rien à cacher. Réfugiée, ce n'est pas un crime non plus…

Elle ajouta :

« Bon, je vais voir cela. Mais ma petite, ça va être moins simple que si vous vous étiez mariée dans votre pays. C'est quoi la capitale de votre pays ?

— Bangui.

— Oui… Bangui. »

Sans un mot de plus, elle ouvrit son tiroir et en sortit un formulaire qu'elle me demanda de remplir, de bien lire, et de signer. Je lus. Il était noté : JE SUIS INFORMÉ(E) QU'EN VUE DE LA TRANSCRIPTION, L'OFFICIER DE L'ÉTAT CIVIL FRANÇAIS S'ASSURE DE LA RÉGULARITÉ DE L'ACTE ÉTRANGER PRODUIT ET DE LA VALIDITÉ DU MARIAGE AU REGARD DU DROIT FRANÇAIS. CES VÉRIFICATIONS PEUVENT PRENDRE PLUSIEURS MOIS.

« Ça va prendre du temps. C'est rarement simple et comme vous êtes réfugiée ici, ça complique un peu tout. Bon, je vais voir tout ça tranquillement et je vous téléphone. On devra se revoir certainement. Mais ma petite, entendez-moi bien, ça ne va pas être simple… »

Elle me serra la main et ajouta :

« C'est beau d'être jeune, jeune et jeune mariée ! »

Je sortis, et en traversant les jardins, je pensai que cette femme assez aimable qui m'avait reçue ne savait rien de la vraie vie africaine. Elle vivait à Brazzaville oui, mais dans un autre monde, qui n'était pas vraiment l'Afrique. L'ambassade, c'était la France, et chez elle, elle avait probablement tout et tout. Est-ce qu'elle savait le prix d'un sac de riz ? le prix du manioc ? Est-ce qu'elle avait déjà dormi dans la faim ? Est-ce qu'elle avait déjà été attaquée par les rebelles ? Est-ce qu'elle avait loué sa robe de mariée ? Non et non et non. Bientôt je serai française moi aussi, mais une Française noire, ancienne réfugiée, une Française qui resterait toujours un peu centrafricaine parce que la mémoire c'est compliqué à nationaliser. Une mémoire s'ajoute à une autre, c'est tout.

En fin d'après-midi, à la maison, mes sœurs qui s'occupaient de ma vie du matin au soir me demandèrent d'une seule voix :

« Alors, tu t'envoles quand en France ? »

Ce soir-là, chez les voisins, j'ai regardé à la télévision le match France-Ukraine. On a gagné ! On est qualifiés pour jouer au Brésil la prochaine Coupe du monde. Sakho a marqué deux buts, lui il est né en France et n'a jamais été réellement sénégalais. Benzéma a marqué un but, ce qui fait trois buts à zéro, des buts qui ont des origines africaines. Ces buts-là, c'est un peu comme si je les avais marqués. Mon équipe de France était bien partie pour aller en finale à Rio.

*

C'est comme ça. J'étais mariée, et tous et toutes croyaient que tout était devenu simple pour moi, que je n'avais plus de problème. Pire que ça, chacun me croyait déjà riche !

Moi, le matin ou le soir, dans la rue ou sous la douche, je savais bien que j'étais exactement la même. J'avais fait l'amour comme une folle avec mon chéri, mais ça ne m'avait pas profondément changée. L'amour en noir et blanc ça ressemble comme deux gouttes d'eau à l'amour en noir et noir. J'avais une alliance au doigt, mais c'était tout. J'étais la même fille qu'avant.

Quand je serai arrivée en France… Quand mes papiers seront tous en règle… Quand je travaillerai là-bas, bon, ce sera différent, mais les petites différences à venir étaient en attente.

J'avais un rendez-vous téléphonique avec mon chéri à dix heures du soir. Avant cette heure il était à l'entraînement de boxe. J'étais assise dans le noir sur la marche de la porte d'entrée, mon téléphone sur les genoux. Je le regardais comme un bon fétiche qui peut réveiller la vie quand elle est engourdie. Je me mis à lui parler. Je lui demandai : « Ne sois plus un simple téléphone. Deviens, là, sur mes genoux un trèléphone, même un trètrèléphone… Maintenant ! »

Incroyable, je l'avais tout juste supplié qu'il se mit à sonner. Je n'osais plus faire un seul geste, puis je lus sur l'écran le numéro d'Ambroisine. Je pris la communication.

« Allô Ambroisine ?

— Aïssatou ma chérie, je t'entends comme si tu étais dans la même pièce que moi ! Tu es déjà en France ou quoi ?

— Non. Je suis à Brazza. La France est loin. Ambroisine, tu connais le pont d'Avignon ?

— Le pont d'Avignon ? Non. C'est quoi ce pont ?

— C'est en France.

— Mais ma chérie, la France, c'est grand. Il faut des années pour tout voir. »

Je lui racontai mon rendez-vous d'hier à l'ambassade, mes jours d'attente qui commençaient à faire beaucoup. Elle m'apprit qu'elle était en stage d'aide-soignante, un stage payé. Elle avait un compte en banque, un carnet de chèques et une carte bleue, exactement comme les Blancs. Elle précisa :

« Tout l'argent que je gagne avec mon stage, je le mets sur mon compte personnel. J'économise. On ne sait jamais, mon Pierre est fou de moi tous les jours de la semaine et en plus le dimanche, mais on ne sait jamais… Si un jour il préfère essayer une Blanche, il me faudra des euros d'avance ! »

Elle me quitta en me souhaitant du courage et en ajoutant :

« Quand tu arriveras en Bourgogne, je serai là. Je serai ton guide. »

Je décidai de m'acheter un cahier neuf et d'y recopier au propre mes phrases sur le temps, surtout que j'en avais récolté une autre, de phrase, quand j'attendais à l'ambassade et que j'avais regardé les images du *Elle*. *Elle*, c'est vraiment bien pour l'Afrique, où les analphabètes sont nombreux. Il y a beaucoup plus d'images que d'écriture, et un âne ou un poisson du fleuve peut s'intéresser à presque toutes les pages. Mais c'était là, dans *Elle*, que j'avais pêché « le temps n'attend pas ». Ça, « le temps n'attend pas », c'est pas facile à comprendre, il faudrait des images comme dans les bandes dessinées pour ne pas se tromper. C'est vrai qu'il n'attend pas, le temps, il file sans cesse. Le présent, pfuitt…, devient immédiatement du passé. C'est probablement un slameur de France ou de New York qui a inventé ce refrain-là, « le temps n'attend pas ». Lénine il s'appelle, j'ai lu son nom dans *Elle*. Si c'est un Français, ça prouve que j'ai beaucoup à apprendre pour devenir une vraie Française mais rien ne presse. Il faut quatre années de mariage minimum pour y avoir droit. Quatre années, si on traduit ça en semaines c'est énorme, et en jours c'est de l'infini, pas moins ! Sur mon cahier neuf, je reporterai mes carreaux avec les jours passés et les questions auxquelles il fallait que je réponde, genre pont d'Avignon. Quand je passerai le test pour être française, peut-être que l'on me demandera de chanter la chanson du pont d'Avignon, peut-être que ce n'est pas seulement *Allons enfants de la patrie* qui est au programme.

Chaque matin, ça faisait un jour de passé. Ça faisait aussi un jour à passer, un jour à éteindre, un jour à mettre KO pour m'approcher de mon chéri. Il m'avait dit :

« On va se régler comme du papier à musique. »

Comme du papier à musique, ça !

Il avait ajouté :

« Je te téléphone tous les deux jours à huit heures du soir. Si tu as un problème, tu me bipes et je t'appelle quelle que soit l'heure du jour ou de la nuit. »

Le téléphone, c'est cher comme toutes les magies.

À présent je comptais les jours chaque jour, mais je comptais aussi les deux jours et deux jours et deux jours. Et puis je comptais les jours qui restaient avant Noël et les jours qu'il fallait vivre avant la fin de l'année. Ensuite, j'ai commencé à compter les jours qui m'éloignaient de l'année passée, l'année dernière, la grande année de mon mariage. Et puis un matin, un mardi matin pour être précise, j'ai pris mon courage à deux mains et j'ai téléphoné à l'ambassade à Mme Frugaler. Pourquoi je l'ai fait ? J'étais arrivée à la limite, qui était le point final de mon livre *Fou l'amour*. Le point final de la deuxième lecture. Je l'avais lu deux fois parce que c'est un vrai livre d'amour et que l'amour en vrai c'est aussi difficile à avaler avec les mots qu'avec les gestes. On peut se souvenir aussi bien des mots de l'autre qui raconte son histoire d'amour que des gestes de celui qui vous aime et qui abuse de ses mains et de tout le reste parce que ça vous fait plaisir ! Bon, ce livre je l'ai en tête, chacun l'a compris, et je n'ai pas envie de le revendre. Je veux le garder comme un de mes premiers beaux souvenirs de France.

Incroyable, après une minute, pas plus, d'attente, j'eus en ligne Mme Frugaler. Elle ne me laissa pas beaucoup parler. Elle avait beaucoup à me dire et j'avais bien fait d'appeler parce que elle, elle allait justement le faire… m'appeler ! Elle me fixa rendez-vous pour le lundi matin 16 février, à dix heures trente. Il me fallait attendre encore trois semaines avant de la rencontrer. Que ceux qui savent compter comptent combien de jours ça fait, moi j'ai déjà tellement et tellement compté et recompté que les doigts de mes deux mains sont un peu usés. Il faudrait que je caresse tout de suite mon Rémi chéri pour retrouver mes doigts.

*

Chaque jour, comme les enfants, j'observais les avions. Eux rêvaient d'être un jour pilotes. Moi, plus simplement, je voulais m'envoler au plus vite vers le pays blanc où j'étais attendue. Mes sœurs riaient un peu de tout ce temps qui ne passait pas assez vite pour moi. Maman, elle, était soucieuse. Ce matin-là, alors qu'elle m'avait observée traçant un nouveau bâton sur mon cahier, elle me dit :

« J'espère qu'il t'aimera toujours ton Rémi quand tu arriveras chez lui.

— Et pourquoi il ne m'aimerait plus ?

— Les jours à attendre plus les nuits, c'est beaucoup. Si une Camerounaise passe par là, ou une Zaïroise, il peut oublier qu'il t'aime et en essayer une autre. Ce Blanc-là, il peut verser la honte dans tes yeux !

— *N'na*, faut pas dire ça, ça porte malheur ! »

Après un instant, puisqu'elle était décidée à parler, je la questionnai un peu. Le moment était favorable pour des questions et des réponses : elle lavait un peu de linge dans deux bassines et moi j'étais assise là, mon cahier sur les genoux.

« Mon père, il t'a aimée tout de suite ?

— Ton père… Il m'aurait enlevée si mon père n'avait pas trouvé que c'était une bonne occasion pour se débarrasser de moi. Ton père a payé la dot tout de suite, et pas longtemps après j'étais déjà enceinte.

— Tu l'aimais beaucoup…

— Hum… Est-ce qu'une mère peut parler de ça avec sa fille et tout lui répondre ?

— Oui, elle peut. Si une fille n'apprend pas tout de sa mère, est-ce qu'elle peut bien vivre sa vie ?

— Hum… Ton père c'était ton père et je l'ai res-
pecté, toujours. J'ai appris à l'aimer un peu un peu.
Il m'a fait des enfants, j'étais bien obligée de l'aimer
un peu un peu. »

Ce jour-là j'en restai là avec mes questions sur le
temps qui passe, parce que la vie, je l'avais compris,
ça se résume à du temps qui passe trop doucement
ou un peu vite.

La vie c'est du présent, le futur c'est du rêve.

Ma mère avait, sans le savoir, compté les jours en
comptant ses enfants et à présent ses petits-enfants.
Est-ce qu'il y eut seulement un instant dans sa vie où
elle a pensé que le temps glissait trop vite entre ses
doigts ? Sans doute pas.

La page de mon cahier remplie de bâtons qui
dessinaient des carreaux avec une diagonale était
belle. C'est rien des bâtons, mais ça peut être beau,
oui. Surtout quand ça fait trois semaines de plus sur
la page et que l'on est enfin le lundi 16 février.

Toute propre, toute fraîche encore, même si
j'avais pris une douche vers six heures du matin,
j'étais en route pour le centre-ville. J'aurais pu servir
de GPS au bus pour m'emmener par l'itinéraire le
plus court à l'ambassade de France. J'arrivai un peu
en avance et, sûre de moi, j'annonçai à la sentinelle :
« J'ai rendez-vous à dix heures trente au service de
l'état civil et de la nationalité. » Il vérifia, mon nom

était bien inscrit sur le registre. Il ouvrit la porte et j'entrai.

Rien n'avait changé. J'aurais aimé que des bâtons aient poussé dans les jardins comme sur mon cahier, pour bien montrer le temps qui passe à l'ambassadeur, à ses conseillers et à tous les autres qui travaillaient là. Le temps n'attend pas… Quelle que soit la manière de le mesurer, en traçant des bâtons sur un cahier ou en coloriant un calendrier, le temps passe sans se précipiter et sans s'attarder. Il n'attend rien du monde des vivants. Pour les morts c'est autre chose, parce que si tu es mort depuis hier ou depuis cent mille ans c'est la même chose. Le temps ne compte pas. Il n'y a que la mort qui abolit le temps qui passe, et moi j'étais bien vivante.

La secrétaire était là, une femme noire qui parlait comme une Française, sans accent. Elle me sourit d'une oreille à l'autre comme si sa bouche était élastique, et avant que je dise un seul mot, elle m'interrogea :

« Vous êtes madame Romner… Aïssatou Romner ?

— Oui, c'est moi. Moi-même.

— Vous n'avez pas de chance ! Mme Frugaler n'est pas là. Elle a pris sa journée. Samedi dernier, le 14, c'était la Saint-Valentin et son fils est arrivé la veille à Maya Maya avec sa fiancée pour la présenter à sa mère. Arriver un vendredi 13, ça va certainement leur porter chance. Ils repartent mercredi en France, mais, sauf imprévu, Mme Frugaler sera au bureau dès demain. Il faut prendre un nouveau rendez-vous, madame Romner. »

On dit : « le ciel m'est tombé sur la tête », oui on dit ça. Rémi aurait dit : « tu as reçu un uppercut ». Un nouveau rendez-vous ! Pour quand… Pour dans trois longues semaines encore ? Son fils… La Saint Valentin… Toute à mes pensées, je devais faire une drôle de tête parce que la secrétaire m'a demandé :

« Ça va aller, madame Romner ?

— Oui… Ça va aller. »

*

Ce soir-là, il n'était pas prévu que j'entende la voix de mon chéri au téléphone, mais je le bipai. Il m'appela quelques minutes plus tard. Je lui racontai tout, en pleurant. Il ne savait pas trop quoi dire, il répéta au moins dix fois : « J'y crois pas… Prendre une journée de congé comme ça, non j'y crois pas. J'y crois pas… »

C'était dur à avaler, pour lui comme pour moi. Ma mère, qui était née juste après les indépendances, me dit, comme pour me consoler :

« C'est des Blancs non, c'est eux qui décident, c'est eux qui commandent. C'est comme ça. Le monde est comme ça. »

J'attendis le jeudi pour téléphoner. Son fils repartait le mercredi, donc le lendemain du mercredi ce devait être bon et ce fut bon. La secrétaire elle-même me donna rendez-vous en me précisant :

« J'ai insisté pour vous, pour essayer d'un peu rattraper le temps perdu. »

Le temps perdu ! Je connaissais ça par cœur…

Mon rendez-vous était reporté au lundi suivant. On était déjà jeudi, il restait trois jours complets à attendre et un peu plus puisque je devais être à l'ambassade pour quatorze heures trente. Tout arrive, il paraît, et le lundi arriva.

La secrétaire du service « état civil et nationalité » n'avait pas changé du tout. C'était comme si elle n'avait pas quitté son bureau. Elle m'accueillit avec le même sourire et tout de suite elle me rassura :

« C'est bon, elle est là. »

J'entrai dans la pièce d'attente. Le pont d'Avignon n'avait pas bougé. Dans son cadre il attendait. Je commençais à l'aimer beaucoup, ce pont.

Mme Frugaler me reçut et je m'assis devant elle comme la dernière fois. Elle me dit :

« Mille excuses pour lundi dernier, mais mon fils va se marier bientôt, c'est décidé, et il a fait le voyage pour me présenter ma future belle-fille. »

Je souris. Il allait se marier, et alors… Moi j'étais déjà mariée, et pour moi, pas encore question de voyage. Combien de jours, de semaines ou de mois je devrais attendre pour que mon mari me présente à sa mère ? Beaucoup… Je le compris tout de suite. Elle m'annonça, comme si je ne le savais pas, comme si elle ne me l'avait pas déjà dit :

« Ma petite, vous n'êtes pas congolaise. »

Je fis un léger « oui » de la tête. Je le savais que je n'étais pas congolaise. Pas la peine de me le répéter cent fois. J'étais centrafricaine… Mais feu mon père était guinéen. J'étais née compliquée. Déjà, noire dans le monde d'aujourd'hui c'est compliqué, même aux États-Unis, mais une mère centrafricaine plus un père guinéen, c'est… Comment dire… C'est labyrinthique, inextricable même. Certains pensent que c'est illégal ou illégitime, ce qui est ici exactement la même chose. Déjà, à Bangui, ils ne voulaient pas me donner le papier de mon bac que j'avais obtenu avec mention. Au ministère de l'Éducation ils avaient du mal à croire que moi, Aïssatou Diallo, j'étais de nationalité centrafricaine ; ils voulaient bien le croire si je payais un peu et plus pour avoir le papier, le diplôme. C'est comme ça, quand un Africain peut ralentir un autre Africain ou le rançonner, il le fait. Bon, ici j'étais chez les Blancs, j'espérais encore que ce serait plus facile. Mais, aïe…

« Ma petite, j'ai lu et relu votre dossier, j'ai fait le nécessaire mais il me faut une preuve de votre nationalité. Votre carte de réfugiée, ça ne va pas.

Ce n'est pas assez. Il me faut un jugement supplétif du tribunal, confirmant votre naissance.

— Un jugement supplétif ?

— Oui, le tribunal de Bangui donnera cela. J'ai demandé à notre ambassade de faire le nécessaire, la demande en bonne et due forme…

— Mais à Bangui, il y a encore la guerre !

— Oui, je sais bien. Mais il faut en passer par là.

— Mais mon nom, avant mon mariage, c'est Aïssatou Diallo.

— Oui, c'est bien cela : la demande sera faite pour Aïssatou Diallo, née le 17 septembre 1993.

— Avec mon nom, ça ne sera pas facile…

— Je ne comprends pas.

— Diallo… C'est un nom qui vient d'Afrique de l'Ouest. Au tribunal ils vont traîner, parce que Diallo ce n'est pas centrafricain. C'est comme ça. Il va falloir payer. Si l'ambassade là-bas donne un peu d'argent, le papier arrivera vite. Si l'ambassade ne paie pas, il faudra attendre des années ou encore plus !

— Aïssatou, ma petite, ne soyez pas pessimiste. Nos services vont faire la demande et ça va aller, croyez-moi. »

Voilà, c'est là toute la différence entre elle blanche et moi noire. Elle, dans son monde blanc, elle croit que la Terre tourne rond, sur elle-même et autour du Soleil, tout simplement. Moi, je sais bien que ce n'est pas de l'exactitude pour tous ces mots : elle ne tourne pas rond pour tout le monde, la Terre. Elle, par exemple, Mme Frugaler, sur cette Terre elle a une voiture avec une plaque verte[1], donc elle n'est jamais arrêtée, jamais rançonnée par la police. Comment elle pourrait tout savoir, elle qui croit tout savoir ?

Le soir même, je donnai les mauvaises nouvelles à mon chéri, au téléphone. Lui aussi trouvait le temps long, lui aussi comptait les jours et il avait décidé de m'imiter en traçant des bâtons sur un cahier. Ce début de nuit était chaud et je décidai d'installer ma mousse dans la cour comme je l'avais souvent fait à Bangui, pour dormir au plus près des étoiles du ciel et mieux respirer l'air qui arrivait du nord en se moquant des frontières. Quand ma mère me vit m'installer, elle m'interrogea :

« Aïssatou, c'est quoi ?

— *N'na*, c'est trop long, ça fait depuis…

— Ma fille, il faut avoir la patience du baobab, c'est ce que disait ton père.

— Il disait ça ?

— Il disait ça, quand j'avais la grossesse et que j'étais allongée pendant trois mois… Avant d'aller bien.

— Bon, alors je vais avoir la patience du baobab, mais c'est difficile. »

---

1. Couleur de la plaque d'immatriculation des véhicules officiels des personnels d'ambassade.

Mon cœur s'orageait nuit et jour. Je m'inquiétais pour mon demain même si j'avais réussi un vrai mariage. Devant mes sœurs je faisais bonne figure, je leur répétais « ça avance, je pars dans bientôt », mais elles savaient aussi bien que moi compter les jours, les semaines et les mois. Il y avait bien plus de la moitié d'une année que j'étais mariée et j'étais toujours là. Les garçons, qui comptaient beaucoup sur mon arrivée en France pour recevoir des cadeaux et pourquoi pas un vélo, trouvaient aussi qu'un jour de plus c'était un jour de trop.

Il y avait plus d'un mois à présent que l'ambassade de France d'ici avait fait sa demande à l'ambassade de France de là-bas, et pas le moindre grain de poussière de nouvelle. J'avais téléphoné deux fois et la secrétaire toujours aimable qui avait un bon œil sur mon dossier m'avait deux fois confirmé : rien, pas de réponse encore. Mon dossier je le connaissais comme la faim de mon ventre, c'était un bon dossier. Je pouvais le répéter par cœur. J'étais mariée, moi. Oui, moi et pas une autre, mariée par amour, comment écrire mieux cela sur le papier ? C'est marqué en langue française pour des Français quand même ! C'est pas écrit en sango, ils ne comprendraient pas ; c'est pas écrit en lingala, ils ne comprendraient pas. Vraiment !

Et puis, c'est ma mère qui vint à mon secours. Elle-même. Un matin elle me parla et ce fut comme si le destin me faisait un clin d'œil.

« Ma fille, ton jugement, là, supplétif, c'est le tribunal de Bangui qui doit le donner, bien tamponné et tout et tout ?

— Oui.

— Alors ton papier, il faut le demander directement. Jean de Dieu peut faire ça pour toi. Il est avocat à Bangui et c'est ton parent. Si on lui paie le taxi pour aller au tribunal, si on lui donne un peu d'argent pour le juge, alors il aura ton papier en deux jours. »

Après trois respirations, elle ajouta :

« Ton chéri, là, il peut ajouter des euros peut-être ?

— Peut-être qu'il peut, je vais le lui demander, ce soir. »

Jean de Dieu avait passé avec succès à Bangui sa dernière épreuve et il était complètement avocat, c'était vrai. Il n'avait pas encore un meilleur travail que quand il était stagiaire, parce que avocat aujourd'hui c'est pas facile, mais des parents à Bangui avaient dit à maman qu'il portait malgré ça la chemise, la cravate et la veste. On disait même qu'il avait des cartes de visite.

Rémi lui avait envoyé directement un peu d'argent par Western, donc je pouvais sourire un peu.

Huit jours plus tard, il l'avait, ce papier que l'ambassade de France n'avait toujours pas obtenu. Pourtant, à l'ambassade il y a un ambassadeur, des conseillers, des attachés, des secrétaires avec des numéros un et deux et trois et plus, et d'autres encore. Je l'aurais vite en main, mon papier. Dès que Jean de Dieu aurait trouvé quelqu'un volant de Bangui à Brazza, il le confierait, avec mon numéro de téléphone, à un voyageur…

Un soir, alors que j'étais seule avec moi-même et que je profitais du vent un peu frais de la fin de la saison sèche, mon téléphone vibra sur mon sein. Je répondis et une voix me demanda :

« C'est Aïssatou, la parente de Jean de Dieu ?

— Oui.

— Je suis le numéro cinq des Fauves du basket, toute l'équipe est arrivée à Brazza pour un match et j'ai un papier pour toi, une grande enveloppe.

— Merci. On peut se voir où ? Quand ?

— Tu passes à l'hôtel demain matin entre sept heures et huit heures, tu demandes Fernando. C'est moi.

— C'est quel hôtel ?

— Hôtel Léon.

— Léon, je connais, c'est au centre-ville.

— Oui.

— Je serai là, entre sept heures et huit heures. »

C'est difficile de dire à son cœur de ralentir sa cadence, et cette nuit-là mon cœur battit aussi vite que quand je faisais l'amour avec Rémi. Il voulait sans doute donner son propre rythme au temps pour que le matin arrive plus tôt. Il arriva, le matin, mais sans

129

se presser. À six heures j'étais dans le bus, direction le centre-ville. Il y avait déjà de la circulation mais pas encore d'embouteillages. Il n'était pas sept heures que j'étais à moins de cent mètres de l'hôtel Léon. Je suis passée et repassée devant cinq ou six fois avant d'entrer et de demander Fernando le Fauve à la réception.

« Monsieur Fernando Mabingui, sans doute ?

— Fernando, un Fauve de l'équipe de basket de Centrafrique.

— C'est ça. Je n'ai d'ailleurs qu'un seul Fernando sur mon registre. Un instant, je l'appelle. »

Il appela, sans succès.

« Il n'est pas dans sa chambre, il doit prendre son petit déjeuner. Allez voir dans la salle. »

J'allai. Il y avait un peu de monde, mais les basketteurs sont facilement repérables. Tous ont au moins une bonne tête de plus que les autres, côté hauteur je veux dire. Je m'approchai de la table ronde où ils étaient quatre.

« *Baramo…* »

Ils levèrent tous la tête. Je n'avais pas dit « *boté*[1]… », un bonjour en sango suffisait comme mot de passe.

« Je cherche Fernando… »

Sur les quatre qui étaient à table, trois dirent « c'est moi… » et tous rirent. L'un d'eux se leva et me demanda :

---

1. « Bonjour », en langue lingala.

« Tu es Aïssatou ?

— Oui.

— Aïssatou, c'est parce que tu es belle qu'ils veulent tous s'appeler Fernando ! Attends-moi deux minutes, je vais chercher ton enveloppe dans la chambre. »

Il partit à petites foulées comme s'il s'entraînait déjà pour le match. Je baissai la tête. Dans l'équipe de basket, combien y avait-il de musulmans, combien de chrétiens ? Lesquels aimaient les *anti-balakas*[1], lesquels les *sélékas*[2] ? Je n'eus pas le temps de plus me questionner sur l'équipe, Fernando revenait, toujours à petites foulées.

« Voilà. C'est à toi. J'étais commissionné, j'ai fait ce que j'avais à faire.

— *Singuila mingui*[3]. Merci… oui, merci. »

J'ajoutai pour tous :

« Bon match… Il faut gagner pour le pays ! »

À peine sortie de l'hôtel, j'ouvris l'enveloppe. Mon papier était là, signé et tamponné. Je le mis dans mon petit sac que je serrai comme s'il contenait

---

1. Milices proches de l'ancien dictateur Bozizé qui firent régner la terreur en Centrafrique.

2. Pacte (*Ë fä seleka na mènè* – « nous avons fait un pacte de sang ») des rebelles musulmans qui chassèrent le président dictateur Bozizé avant de commettre de nombreuses exactions.

3. Merci beaucoup.

dix ou vingt diamants. Je pris le bus pour rentrer, et bien sûr les premiers embouteillages étaient arrivés derrière moi. Il me fallut trois fois plus de temps pour le retour.

« *N'na*, j'ai mon papier. »

Elle me regarda sans rien dire. J'ajoutai :

« Le jugement suppletif… Je l'ai, là, dans l'enveloppe.

— Aïssatou, tu vas nous quitter alors, tu vas partir et retrouver ton mari.

— Mon mari et aussi Ambroisine… Mais ce n'est pas encore fait. Ce papier, ce n'est pas le visa. Je vais prendre rendez-vous. »

C'était le matin, mais je bipai mon mari. Une bonne nouvelle comme celle-là ne pouvait attendre. Il me rappela moins d'une demi-heure plus tard.

« J'ai le papier… Le jugement… supplétif.

— Tu l'as, tu l'as en mains ?

— Oui, je l'ai là en mains et sous les yeux. »

Je lui racontai qu'il était arrivé avec les joueurs de l'équipe nationale de basket.

Avant de le quitter, je l'embrassai dans le téléphone, en lui promettant mille douceurs dès que j'arriverai. J'avais envie de lui dire que les Camerounaises ou les Zaïroises ou les Sénégalaises, c'était pas ça. Qu'il n'avait même pas à les regarder en m'attendant, mais je me suis tue. Là-bas, il semblait aussi heureux que moi.

Quand une bonne chose tant attendue arrive, c'est le début d'une série quelquefois. Je téléphonai à l'ambassade et la secrétaire qui suivait mon affaire de près depuis si longtemps me trouva un rendez-vous pour deux jours plus tard avec Mme Frugaler. Deux jours… Rien du tout !

Rendez-vous à onze heures du matin.

Les deux jours passèrent vite, avec leurs deux nuits. Je fus reçue. Aimablement, mais… mon papier, ça n'allait pas… Il fallait ce papier, mais contresigné par un fonctionnaire de l'ambassade de France de Bangui, parallèlement au fonctionnaire du tribunal ! Il fallait le même papier exactement, *i-den-ti-que*, mais obtenu par l'ambassade. Comment croire ça, sauf pour se dire que les Français, là, ils ne voulaient pas de moi. Ils voulaient bien du dictateur qui avait fui, ils voulaient bien des fils du dictateur qui avaient tué et volé en vrais professionnels, ils voulaient bien des femmes officielles du dictateur et aussi des femmes non officielles, mais moi, mariée depuis une éternité, ça n'allait pas : ça n'allait jamais !

Ce soir-là, au téléphone, mon chéri cria. C'était comme s'il venait de voir ce que le piment a vu pour devenir rouge. C'est moi qui l'ai calmé sinon il aurait été capable de devenir assez fou pour prendre à la gorge son président de la République ou le ministre des Mariages mixtes.

Je devais encore attendre, ça allait faire dix mois que j'étais mariée. Je n'avais pas eu le ventre rond, heureusement, parce que si j'avais accouché là, obtenir en plus des papiers pour mon enfant, ça aurait été certainement mission impossible.

Je me mis à relire pour la troisième fois *Fou l'amour*. Je me dis que lorsque j'aurais fini ma troisième lecture, j'aurais mon droit au visa. Relire, ça me fixait un objectif.

C'était le milieu de la matinée. J'en étais à me rassasier de la scène d'amour de la page cent quarante-huit : Greg arrive, c'est le début de la nuit. Il n'est même pas essoufflé, alors qu'il a foncé à vélo pour la retrouver chez elle. Elle, elle est nue sous le drap. Cette page-là et les suivantes me donnent l'eau à la bouche pour la troisième fois. La Bretagne, pour l'amour ça a vraiment l'air très bien ! Mais, alors que je rêvais, que j'étais déjà devenue Rosine, mon téléphone vibra. C'était l'ambassade, Mme Frugaler en direct.

« Oui…

— Aïssatou, c'est vous, ma petite ?

— Oui, moi…

— Bon, je m'occupe beaucoup de votre cas. Je fais mon possible, croyez-moi. Est-ce que votre mère est avec vous, près de vous ?

— Oui, elle est là.

— Passez-la-moi. Il faut que je sache dans quel hôpital elle a accouché de vous. C'est l'ambassade à Bangui qui me demande ça.

— Un instant, je vais vers elle, elle prépare… »

La première seconde de surprise passée, ma mère répondit aussi bien que si elle avait accouché de moi la veille. Elle se souvenait parfaitement de ma naissance à l'Hôpital général, dont la maternité n'existe plus. Elle précisa même « en face de l'actuel institut Pasteur ».

Cela dit, si les Français de l'ambassade voulaient consulter les archives de cet hôpital pour vérifier si j'étais bien née là-bas, à la bonne date, c'est qu'ils étaient fous et fous et encore plus. Je sais bien qu'un Blanc d'ambassade ne peut pas voir et comprendre réellement le pays, mais quand même ! Comment des archives pourraient être tenues dans un pays qui passe son temps en mutineries et en coups d'État tout en allant danser chez Mbi yé[1] ou Kadam Kadam[2] ?

Non. Mon pays pour l'instant n'a aucune archive, et pas de mémoire donc. Son passé, pour le lire un peu, il faut aller en France dans les musées ou dans les livres. Ambroisine a dit ça. Elle a visité déjà dix fois Paris, et là-bas elle a vu l'Afrique d'hier et d'aujourd'hui réellement. C'est ce qu'elle m'a affirmé. Pourquoi ne pas la croire ?

---

1. Célèbre boîte de nuit populaire de Bangui.
2. Célèbre boîte de nuit populaire de Bangui.

*

Il me reste vingt pages pas plus pour finir une troisième fois *Fou l'amour*. Je lis à mon rythme habituel, normalement. Mais même sans sauter une ligne, j'atterrirai à la dernière page demain. Ce livre-là, il a comme des secrets que je découvre à chaque lecture. Je le relirai en France et je le ferai lire à Rémi.

Demain matin, une fois de plus j'appellerai l'ambassade. Est-ce que l'ambassadeur, est-ce que le Premier ministre en France peuvent seulement imaginer combien j'ai déjà acheté de crédit pour téléphoner ? Certainement pas !

Heureusement, côté France c'était toujours Rémi qui appelait, et ce soir il ne me rata pas plus que les autres soirs. Après les mots d'amour qui volaient par-dessus trente six mille frontières sans aucun visa pour aller de lui à moi et de moi à lui, il me dit :

« Je vais aller voir le député. Je n'ai pas voté pour lui, mais c'est le député de ma circonscription. Je vais lui demander de faire intervenir le médiateur de la République. C'est ma République, c'est mon médiateur donc. Peut-être qu'il va accepter de dénouer ce sac de nœuds ! T'es ma femme Aïssatou, ma vraie femme… Alors tu dois pouvoir venir quand même ! Venir. Vivre ici. Avec moi. Moi-même.

— Chéri, ta République, là, française…, elle n'a pas encore inventé un ministre de l'Amour. C'est un ou une ministre de l'Amour qui manque pour nous. »

On ne s'en est pas dit beaucoup plus parce que de son côté téléphoner en Afrique, ça lui coûtait « bonbon », c'est ce qu'il disait presque chaque fois. « Bonbon » ? J'avais noté ça dans mon dernier cahier pour lui demander une explication quand j'arriverais en France. Je voulais moi aussi parler la vraie langue française de tous et l'assaisonner d'un peu de sango pour faire joli. Déjà je savais dire *À la tienne Étienne… Santé… Tchin tchin…* Mais pour trinquer quand j'aurais dans mon verre du gevrey-chambertin, j'ajouterais *lakoué lakoué*[1] !

Ma grande sœur Mariama avait trouvé un travail dans un pressing. Elle ne savait pas encore combien elle serait payée. Ce serait la surprise. Rémi m'a dit qu'en France, quand tu commences à travailler, même si tu n'es pas fonctionnaire tu sais à l'avance combien tu toucheras à la fin du mois ! Il m'a dit que ce sera vrai aussi pour moi quand je travaillerais ! J'ai du mal à le croire. On verra. Avant de travailler là-bas, il me faut arriver, avoir mon dossier. Ambroisine m'a suggéré de retourner à Bangui et de me marier une nouvelle fois là-bas avec Rémi ! Elle, vraiment…

---

1. « Pour toujours ». Se dit souvent lorsque l'on trinque.

*

On était mercredi. Je m'étais levée tôt, comme Mariama qui devait traverser presque toute la ville pour aller travailler. J'avais mangé un peu de *manioc qui avait dormi*[1] et même fait la propreté dans la maison pour passer mon énervement. J'avais fini mon livre et, comme je me l'étais promis, je téléphonerais tout à l'heure une fois de plus à la secrétaire de Mme Frugaler et à Mme Frugaler elle-même.

J'attendis qu'il soit neuf heures quinze. Les bureaux ouvraient à neuf heures, alors neuf heures quinze par politesse, je pensais que c'était bien. Je sortis dans la cour. J'avais du réseau. Je composai le 06 977 77 87, numéro que je connaissais par cœur, comme les joueurs qui au PMU à Brazzaville ou à Bangui jouent toujours les même chiffres.

La secrétaire, qui devait chaque matin prendre une pilule pour être aimable, me répondit avec un sourire que je devinai dans sa voix.

« Je vous la passe. »

J'eus juste le temps de compter jusqu'à quinze.

« Aïssatou Romner ?

— Oui… C'est moi je vous appelle pour… »

Je n'eus pas le temps de continuer ma phrase. Elle m'interrompit.

---

1.   Manioc cuisiné la veille.

« Aïssatou ma petite, j'allais vous appeler aujourd'hui ou demain. C'est fait, j'ai la transcription de votre mariage. Tout est bien. Vous pouvez passer. Il ne vous reste plus qu'à demander votre visa. »

Wou wou wou wou… Est-ce que je l'ai seulement remerciée comme il faut ? Je ne sais plus… Mon jour était arrivé, enfin. Je pouvais aller prendre le papier. Le papier ! Il m'attendait. Je n'allais pas le laisser refroidir loin de mes mains et de mon cœur. Je passai vite une jupe pagne, j'avais dans mon porte-monnaie assez de jetons pour le bus aller et retour. Je partis, sans en dire plus à ma mère.

Bien sûr les embouteillages étaient là et faisaient barrage. Il me fallut du temps pour gagner le centre-ville, mais j'y arrivai. À la guérite de l'ambassade, je m'expliquai et la sentinelle téléphona au secrétariat. Ouf, je pus entrer et traverser les jardins que je connaissais si bien. Cinq minutes plus tard, dans une belle enveloppe de l'ambassade de France, j'avais mon dossier : une feuille ! Oui, j'avais attendu dix mois et quelques jours pour une feuille seulement. Mais une feuille officielle. La secrétaire, qui me connaissait trop bien, me dit :

« Aïssatou, j'ai pris sur moi de te faire cinq photocopies de la transcription de ton mariage. On ne fait pas de photocopies en principe, mais tu les mérites après tout ce temps. Prends. »

À présent c'était du en avant devant ! Je pouvais foncer pour mon visa. Avant toute chose je rentrai à la maison. Je fis lire mon papier à ma mère et à mes sœurs. Je le rangeai dans mon tiroir, en lieu sûr donc. Là, sauf tremblement de terre ou incendie criminel, il ne risquait rien.

Trop fière de moi, je bipai mon chéri. Mon papier c'était son papier et il l'avait attendu tout autant que moi. Il me rappela dans la minute même. La bonne nouvelle le fit crier de joie. Il avait déjà rendez-vous avec l'attaché parlementaire de son député, mais à présent c'était inutile.

« Je vais tout de suite voir pour mon visa. Je te tiens au courant.

— Aïssatou ma petite femme ma mie, tu n'attends pas plus d'une minute après le visa pour me biper. Moi je vais faire fissa, crois-moi, pour commander ton billet. »

Il ajouta des mots que je ne peux pas écrire ici. Des mots d'amour… tout simples, et puis en prime des mots d'amour qui vont droit au but, des mots que tu ne peux dire que dans les grandes occasions, à bout de souffle, parce que c'est pas si facile d'orgasmer et de parler.

La parole n'a pas de jambes mais elle marche vite, c'est une vérité que je vérifiai une fois de plus, parce que notre cour s'emplit assez vite de filles et femmes *bouchardes*[1] qui me demandaient pour les unes mon adresse en France et pour les autres de porter un paquet à un parent avec qui je serai certainement voisine.

*

Je me mis dans un coin pour être seule. J'avais le numéro pour demander mon visa. J'appelai. Aïe ! Ce n'était même pas l'ambassade ou le consulat, mais une société privée qui prenait les rendez-vous. On me proposa d'appeler à partir du 15 du mois prochain, parce que avant c'était absolument impossible : il y avait déjà trop-plein de rendez-vous ! Ça... Mais c'est quoi, re-téléphoner dans presque un mois ? Et quoi encore ! Je rappelai, mais rien, zéro. C'était pas une société de Blancs. L'ambassade sous-traite avec une petite entreprise de la place, une tout ce qu'il y a de congolo-congolaise. C'est comme ça. Donc, si j'avais assez de gros billets CFA, ou des euros ou des dollars, j'aurais un rendez-vous *illico presto*. Oui, *illico presto*, c'est Greg qui m'a appris l'expression dans *Fou l'amour*. D'une page à l'autre, celui-là est toujours pressé de faire l'amour avec Rosine, comme si c'était une question de vie ou de mort pour lui. Tout de suite, soit *illico presto* !

---

1. Filles et femmes qui parlent trop, en langage populaire de Brazzaville.

Je n'ai aucune devise en rab, je suis démunie, je n'ai aucun gros billet d'Europe ou d'Amérique dans la poche. C'est à peine si j'ai des jetons pour survivre. Je vais une fois de plus prendre mon mal en patience. Prendre son mal en patience, j'ai aussi marqué cette expression sur mon cahier, avec mes mots concernant le temps qui passe. Vienne le jour où je prendrai enfin « mon bien en patience ». Mon bien, ce sera les caresses, les baisers et les séances d'amour plein pot pour rattraper le temps perdu. Rémi répète que ce n'est pas possible de rattraper le temps perdu. Il ne sait pas encore complètement de quoi est capable une Africaine, il va apprendre ça très vite quand je serai près de lui et contre lui.

Ma mère étant ma seule vraie confidente, je me confiai à elle une fois de plus. Elle au moins savait garder les secrets. Mes sœurs, c'était pas ça ! L'une ou l'autre, entendant « goutte de pluie », allait répétant « grosse averse tropicale ».

Rémi, de son côté, m'avait communiqué les horaires de Royal Air Maroc. Je m'envolerais de nuit pour arriver en plein jour. En plein jour, c'est pas beau ça ? Restait à savoir quelle nuit je pourrais enfin décoller.

J'avais en tête des pensées kilométriques, pas moins. Comment obtenir mon rendez-vous au plus vite pour avoir la belle image du visa d'amour, visa hétérosexuel, biométrique et tout ?

LA PATIENCE DU BAOBAB

Et mon pays avec son fleuve Oubangui, je le reverrais quand ?

Et est-ce que je ferais un enfant en France avant une formation ou le contraire ?

Est-ce que la majorité des Blancs ressemblait à Rémi et voyait dans chaque femme noire une princesse ? Sur cette dernière question j'avais un début de réponse parce que j'écoutais quand même RFI. Je savais que chez les Blancs le racisme existe au moins autant que chez les Noirs. Mais bon, je serais bientôt française et je parlais déjà le français aussi bien que le sango. Mieux même parce que le français je savais l'écrire sans faire trop de fautes.

On s'habitue à tout, il paraît, c'est sans doute vrai parce que j'étais tellement habituée à attendre, à compter les jours et les nuits et à tracer des bâtons sur mes pages de cahier que le jour où je devais de nouveau téléphoner pour mon rendez-vous de visa arriva au terme d'une nuit que j'avais bien dormie. J'avais calculé pour avoir assez de crédit en reste. Je téléphonai. Je me présentai, je dis que j'appelais comme convenu..., que j'avais beaucoup attendu..., mais aïe aïe aïe, on me répliqua comme au tribunal qu'il fallait rappeler dix jours plus tard !

Je restai sans voix. Du coup, j'étais comme vidée de toutes mes forces. J'étais mariée, j'avais mon papier, j'étais officielle et on me faisait encore barrage. Comment annoncer à Rémi ce nouveau délai ? N'importe quel honnête homme peut finir par croire que c'est sa femme qui se moque, qui met de la mauvaise volonté à le rejoindre. J'étais dans mon coin, dans la cour, yeux fermés à l'ombre du papayer. Je fermai les yeux très fort mais cela n'empêcha pas les larmes de couler. C'était l'après-midi Les garçons étaient à l'école, mes sœurs absentes, et maman comme chaque jour lavait du linge dans une bassine.

Je ne sais combien de temps je restai ainsi et combien de larmes coulèrent de mes yeux, mais quand je les ouvris j'eus une idée. Je n'avais pas beaucoup de bonnes solutions puisque je ne pouvais pas « payer » un rendez-vous. Alors, je décidai de téléphoner à la secrétaire de Mme Frugaler. Elle avait toujours été aimable et elle s'était intéressée à mon cas. Tout de suite j'appelai.

« Aïssatou ? Mais tu es où ? En France avec ton mari ?

— Je suis ici à Brazza…

— Quoi, tu es encore là, mais pourquoi ? »

Je lui expliquai. J'ajoutai :

« Je crois que je n'aurai jamais ce rendez-vous ! Je vais retéléphoner et on va une fois de plus me dire d'attendre encore… »

J'avais du mal à parler parce que je pleurais. C'est pas toujours facile de retenir ses larmes. Mon téléphone était mouillé. La secrétaire me dit :

« Aïssatou, viens demain matin, on téléphonera ensemble. S'ils voient que la communication leur arrive directement de l'ambassade, on a une chance de plus… On va essayer. »

Cette femme-là, vraiment, elle avait dit « on a une chance » comme si elle partageait moitié-moitié mes soucis, mon attente. C'était une femme noire comme moi et même pas jalouse. Ça ! Elle avait été élevée où ? Au pôle Nord ? au pôle Sud ? ou sur une autre planète ?

Heureusement, ce soir je n'avais aucun rendez-vous téléphonique avec mon chéri. Au moins aucune mauvaise nouvelle ne l'énerverait, c'était déjà ça. Demain, peut-être qu'enfin, sait-on jamais, pourquoi pas…, j'aurai, oui, j'aurai mon rendez-vous.

Ce soir-là j'étais calme. J'avais choisi de dormir corps à corps avec les étoiles ; parler aux étoiles c'est facile, mais lesquelles nous entendent, lesquelles font la sourde oreille ? Est-ce qu'il y a une seule étoile habitée dans le ciel avec des êtres à peu près humains comme nous sur cette terre ? et est-ce qu'il y a sur une autre planète une Afrique où tout va mal et une Europe plus des Amériques où tout va bien ou presque ? Et des frontières, au milieu du ciel, est-ce qu'il y en a ? Et est-ce que des visas sont nécessaires ailleurs dans la galaxie ?

Je m'endormis profondément, au milieu des étoiles, sans même rêver. Je dormis comme si la vie s'était éloignée de mon corps, comme si j'avais été contaminée par la salive d'un mort ! Au petit matin je me sentis bizarre, c'était comme si la lumière du soleil qui arrivait un peu un peu allait me faire grandir et grandir jusqu'à devenir la géante des géantes. Je pus d'ailleurs toucher le ciel avec les doigts, même avec les yeux. Un seul regard me suffit pour ça.

À l'ambassade, on me laissa entrer presque aussi facilement que si j'étais une employée. On me connaissait. La secrétaire m'embrassa deux fois et me fit un clin d'œil.

Elle se mit à son bureau et téléphona. Je tremblai. Elle se présenta en précisant « ambassade de France ». On lui demanda d'attendre, et elle répondit sans perdre un dixième de seconde : « vous pouvez me rappeler à l'ambassade ». Mais on lui dit que « non », c'est ce que je devinai. Tout de suite elle eut un autre interlocuteur, auquel elle dit quelques phrases avec « urgence », avec « cas prioritaire », et elle ajouta gravement : « C'est un peu une question de vie ou de mort ». Je l'admirais, tellement elle était sûre d'elle-même, et je devinais là-bas quelque part un employé toujours bien disposé pour les puissants et toujours énervé par les plus humbles dans mon genre. Un employé aussi noir que moi, mais disposé à être esclave si nécessaire pour pouvoir une ou deux fois par jour avoir quelques petits billets en plus de son maigre salaire. Aimable et disponible avec les grands, comme si de rien n'était.

Il se passa ce qui devait se passer, sans problème elle obtint mon rendez-vous !

« C'est comme ça Aïssatou, tu le sais bien. Au téléphone, il n'a même pas deviné que je suis noire comme du goudron. Je n'ai pas d'accent, j'ai grandi en France où tu vas aller.

— Vraiment…

— Oui, vraiment ! J'ai l'habitude ici de rencontrer ces faux nègres, tu sais. Ils me font bien rire à lécher le cul des Blancs en espérant un petit avantage en plus. Ils n'ont pas compris qu'ils resteront noirs jusqu'à leur mort, que c'est leur destin.

— Vraiment…

— Ils ne savent pas que c'est beau d'être noir… Bon, tu as ton rendez-vous pour demain matin onze heures. Tu dis quoi ?

— Je dis merci mille fois. J'ai du mal à y croire.

— Tu auras ton visa dans les cinq jours. Tu peux déjà faire ta valise, dire au revoir aux amis. Tu as des projets, en France, en plus d'embrasser ton chéri ?

— Oui, trouver un travail, et…

— Et ?

— Voir le pont d'Avignon.

— Le pont d'Avignon. Je connais. Je l'ai vu comme je te vois. Aïssatou, bon voyage. »

Elle se leva et m'embrassa sur les deux joues. C'était une sœur. Dans le bus du retour vers la base,

j'étais heureuse sans doute, mais tellement fatiguée
tout à coup que je ne sentais pas bien mon bonheur.

« *N'na*, je vais aller demain matin pour mon visa.

— Et ils vont te le donner ton visa, tu le crois ?

— Je le crois, j'espère ça. »

Je bipai mon chéri. Il était au travail, mais il me
rappela quand même. Je lui versai la bonne nouvelle
dans l'oreille. Il n'osa pas crier de joie.

« Aïssatou, je croirai au visa seulement quand
tu sortiras de l'aéroport… Aïssatou, j'ai hâte de toi,
de toute toi, mais il y a tellement de salauds qui
s'amusent à nous faire mal, qui prennent plaisir à
nous voir encore séparés. »

Je lui répondis par des mots d'amour. Je lui expli-
querais après mon arrivée que j'avais quand même
rencontré à l'ambassade une amie, une alliée, noire
comme moi mais française comme lui, une vraie
parente.

7
Juste au-dessus des nuages

Je l'eus. Je réussis mon visa, biométrique même. J'avais déposé ma demande complète sans oublier une seule pièce. Mon mari me recevrait chez lui et tout et tout. Je n'eus pas à préciser qu'il m'attendrait à l'aéroport, ni à montrer mes certificats de vaccination, ni à avouer mon groupe sanguin. Pourtant, j'avais l'impression d'avoir tout dit de moi mille fois pour obtenir ce visa magique qui fait de toi quelqu'un qui peut voyager vers l'espace chaînegaine.

Je pouvais dès à présent m'envoler, quitter cette Afrique ; mon Afrique qui me collait pour toujours à la peau ; mon Afrique où l'on est souvent obligé de croire les menteurs.

J'avais mon visa, mon laissez-passer pour aller danser sur le pont d'Avignon !

Je me touchai les seins pour vérifier qu'ils étaient bien là, que j'étais complète pour voyager. Je ne voulais pas oublier une seule partie de moi derrière moi.

Je voulais amener mon Afrique et toute mon enfance en France. Amener toute ma mémoire, pour ne rien oublier, jamais.

Je n'avais pas beaucoup de préparatifs. Je partais avec un simple sac de voyage, un seul, dans lequel j'avais à mettre quelques vêtements, quelques mangues, une ou deux papayes et un ananas. Dans mon petit sac épaule, j'aurais mon portefeuille, mon passeport, un dossier avec quelques documents sur ma naissance, mon mariage, mon bac obtenu à Bangui et mes bulletins de notes du GSPI, et encore quelques photos. Avec aussi mon livre *Fou l'amour*. Il m'avait permis de tenir pendant toute cette attente et d'apprendre un peu la France.

Mon Rémi me donna au téléphone le numéro de dossier concernant le billet d'avion qu'il avait acheté à Royal Air Maroc. Moins cher, ça n'existe pas. Avec ce billet, je devais faire escale à Casablanca quelques heures.

*

Départ, envol, dans quatre jours, soit mercredi prochain à une heure du matin… Non, je me trompe, quand je m'envolerai à une heure du matin ce sera déjà jeudi ! Est-ce que j'allais continuer à tracer des bâtons dans mon cahier jusqu'au dernier jour ? Je me posai la question et je décidai que oui, j'allais comptabiliser même le jeudi : chaque jour commencé devait compter.

Je dessinai même mes bâtons en avance et j'additionnai le nombre de jours de souffrance, le nombre exact de jours et de nuits pendant lesquels j'avais attendu. Trois cent soixante-sept, soit un an et deux jours. Oui, un an et deux jours. Ça représentait combien de baisers de manqués, tous ces jours-là ?

Le mardi, soit la veille de mon départ réel de la maison, je téléphonai à l'ambassade de France pour dire au revoir à la secrétaire de Mme Frugaler. Sur son fixe elle ne pouvait pas voir mon numéro s'afficher, mais elle décrocha à la première sonnerie, et avec sa voix aussi souriante que d'habitude elle me dit comme toujours :

« Allô… »

Je lui appris ma bonne nouvelle :

« C'est Aïssatou, je voulais vous dire au revoir parce que je m'envole la nuit prochaine pour Paris.

— Aïssatou, bravo, bonne chance et belle vie à toi.

— Merci…

— Je te souhaite beaucoup d'amour. Sois heureuse jusqu'au bout des ongles !

— Merci, mais…

— Oui ?

— S'il vous plaît, dites-moi votre prénom. Je ne connais pas votre prénom… »

Elle éclata de rire et m'avoua :

« J'ai un nom de fleur : Rose.

— Rose, vous avez été ma chance à l'ambassade quand ce n'était vraiment pas facile. Je ne vous oublierai pas. En France, quand j'aurai un jardin, je planterai un rosier et je regarderai ses roses en pensant à vous.

— Envole-toi bien, Aïssatou et s'il te reste un baiser, embrasse la France pour moi. »

*

Ce mardi-là, je passai l'essentiel de mon temps avec ma mère. S'éloigner de sa mère c'est pas facile, même pour rejoindre enfin son mari. Mon père était mort quand j'étais encore toute petite et c'est ma mère qui s'était fatiguée, seule, pour que je grandisse. Je l'aimais, mais si c'est facile de dire « je t'aime » quand on fait l'amour avec un garçon, c'est pas si facile de regarder sa mère dans les yeux et de lui avouer « je t'aime », *mbi yémo*, comme le dit si bien la langue sango, qui est celle que j'ai tout d'abord entendue et parlée.

Bizarrement, je dormis très bien cette dernière nuit à Brazzaville. Au matin, je m'occupai des garçons. C'est avec eux que j'usai presque toutes les heures de la journée. J'eus quelques visites, bien sûr. J'étais une source de rêve pour beaucoup, filles et garçons du quartier. J'allais en France, vivre ma vie en France, et j'aurais dans quatre années la nationalité.

Les amis me touchaient les mains, les bras, en me parlant. Tous espéraient sans doute que mon destin était assez contagieux pour qu'il leur fasse un clin d'œil et les mette à leur tour sur la piste du Nord, du monde blanc.

Le soir arriva, et en famille nous mangeâmes la marmite de trois pièces, soit des feuilles de manioc, de la sauce arachide et du poisson salé. Le luxe.

Il y avait comme de l'électricité dans l'air, comme si nous n'étions plus nous-mêmes. Les garçons s'endormirent. Je leur avais un peu menti en promettant un retour rapide avec des cadeaux…

À vingt-deux heures, le taxi de nuit avec lequel je m'étais mis d'accord arriva. Je serrai ma mère dans mes bras et nos larmes remplacèrent les mots qui ne venaient pas. Mon mariage, depuis longtemps, était pour elle une condamnation à ne plus me voir. Sa fille la quittait et c'était un malheur de plus dans sa vie, un malheur lourd à porter puisqu'elle continuait à m'aimer.

Mes deux sœurs embarquèrent avec moi dans le taxi. Nous nous serrâmes à l'arrière, moi assise entre elles. Nous étions complices depuis toujours. C'est ensemble que l'on avait vécu les mutineries, ensemble que l'on avait été attaquées par les rebelles, ensemble que nous avions duré dans la faim plus souvent qu'à notre tour !

Elles étaient graves, heureuses pour moi, et ni l'une ni l'autre n'avait cette nuit envie de se moquer.

« La vie c'est la vie, observa Mariama, qui ajouta :
ça nous donne beaucoup de temps pour nous revoir. »

D'un seul coup nous arrivâmes dans les lumières
dures de l'aéroport. J'avais un seul sac à faire enregistrer. Ce fut vite fait. J'embrassai mes sœurs. Nous
avions le cœur gros mais nous avons fait comme si
c'était une petite séparation de rien du tout, alors
que je partais loin et probablement pour très longtemps. Nous avions eu si souvent l'occasion de pleurer ensemble que cette fois nos yeux restèrent secs.
J'aurais aimé avoir de grands mots à leur dire, mais
rien ne vint. J'avais la gorge nouée.

Au dernier moment alors que j'allais leur tourner
le dos, ma sœur Khadidja lança :

« Si ton chéri t'aime autant que nous on t'aime, tu
seras heureuse là-bas, chez les *moundjous*. »

Cinq minutes plus tard, j'étais dans la salle d'em-
barquement. J'aurais pu téléphoner une dernière fois
à ma mère qui ne dormait certainement pas, ou à mes
sœurs pour me délivrer des mots qui étaient restés en
moi. Je n'en fis rien. Les adieux c'est assez difficile
comme ça, pas besoin de les refaire et re-re-faire pour
avoir seulement du mal en plus.

Et puis ce fut l'heure d'embarquer. L'avion était
presque complet. J'étais près d'un hublot. Je ne verrais
aucun paysage puisque c'était la nuit. Quand une
heure plus tard l'avion s'envola, la dernière image qui
se grava dans ma mémoire, cc fut les lumières de la

ville. Une allée de lumière s'imposait, c'était certainement le centre-ville que j'avais si souvent fréquenté pour aller à l'ambassade de France.

Avec Air France le vol est direct pour Paris. Moi, sur Royal Air Maroc, je voyageais via. Voyager via, c'est toujours plus long mais toujours moins cher.

À Casablanca, j'ai eu le temps de rêver avant de m'envoler de nouveau. Rémi était derrière mes paupières et j'imaginais que déjà il était sur la route pour aller me cueillir à l'aéroport. Il m'avait précisé que l'aéroport d'Orly était du bon côté pour lui et qu'il y arriverait directement en venant d'Auxerre. Dès que je fus de nouveau en l'air, j'essayai de voir le sol mais on volait trop haut. Je pris mon livre, mon *Fou l'amour*. Je lus doucement une page au hasard. Doucement, mais en articulant comme si je m'adressais à tous les passagers :

Après le bain, on ne s'attarda pas sur la plage. La lune descendante éclairait encore beaucoup le monde et elle était certainement prête à bien des commérages. Chacun enveloppé dans sa serviette, nous courûmes jusqu'à la maison.

« On prend une douche bien chaude ?
— Oui.
— Ensemble, tu veux ?

— Pourquoi pas. »

Jusqu'à présent, j'avais toujours été seul sous la douche. Banal, quoi. Là, je n'étais pas seul, j'étais deux… elle et moi. L'eau pétillait sur ses seins.

« C'est bon, Greg ?

— Oui, mais je suis jaloux de cette eau qui te caresse absolument partout ! »

Cette nuit-là, nous nous aimâmes encore. Nos lèvres, nos mains, nos cœurs, nos jambes et tout le reste de nos corps voulaient se goinfrer de l'autre, avoir double et triple ration. C'est seulement à l'aube que nous nous retrouvâmes absolument épuisés, mais encore collés l'un à l'autre. Doucement, sans bruit, Rosine se mit à pleurer. J'eus peur. Je saisis un coin du drap pour essuyer ses larmes.

« Ne pleure pas… Pourquoi pleures-tu ?

— Je ne sais pas, je ne pleure pas.

— … »

Elle pleurait de bonheur, je l'avais deviné. Moi qui avais tellement pleuré de malheur, j'espérais aussi pleurer de bonheur à mon tour, dans pas longtemps.

C'est yeux fermés que j'entendis le pilote nous informer que l'on commençait à descendre. On allait

arriver ! Je fis comme ma voisine qui avait certainement l'habitude de voyager, j'obéis à l'hôtesse qui
demanda de redresser son siège. C'est bien droite,
sûre de moi, que j'arrivai en France. En France ! Mes
sœurs là-bas et ma maman pensaient certainement
à moi.

Je suivis les autres, c'était la meilleure façon de
ne pas me perdre. J'arrivai au contrôle de police.
Fièrement je donnai à lire mon passeport. Le policier
me regarda assez sévèrement, comme si j'avais des
ancêtres terroristes… Bon, j'étais noire, d'accord,
mais mariée à un Français. Il posa mon passeport
ouvert à la page visa devant lui, pour que son écran
le lise et vérifie seul si je n'apportais pas avec moi une
maladie tropicale ou des idées noires… Qui sait ?

Après un instant, sans plus de politesse, il me
rendit mes documents et me fit un petit hochement
de tête. Je ne demandais pas qu'il se mette au garde-
à-vous pour m'accueillir, mais un petit sourire en
guise de bienvenue aurait été quand même agréable
à recevoir !

Je continuai à suivre ceux qui comme moi avaient
été autorisés à entrer sur le territoire français, après
avoir fait vérifier leur passeport « hors Union euro-
péenne et hors Suisse ». Des venus d'ailleurs…
Encore surpris, pour la majorité, d'avoir franchi ce
dernier barrage. Autour du tapis roulant qui distri-
buait déjà les bagages, quelques êtres humains aussi

africains que moi, aussi noirs que moi du bout du nez au bout des doigts, m'adressèrent des sourires complices.

Mon sac arriva. Je l'avais quitté la veille dans le chaud de la nuit africaine et je le retrouvais là, en bon état, dans la petite fraîcheur de l'automne d'Europe.

Je respirai à fond et j'allai. Je franchis la dernière porte, la dernière limite et... il était là. Il était là, mains dans les poches. Il m'attendait, souriant, décontracté, comme si j'arrivais pour la centième fois. Devant les autres qui attendaient un ami ou un parent, il m'embrassa, me croqua, exactement comme un affamé qui enfin peut déguster un sandwich à l'avocat ou un beignet de haricot. Il recommença deux fois et encore deux fois. Enfin il parla :

« Aïssatou, bonne arrivée.

— Merci.

— Aïssatou je t'aime.

— Merci. Moi aussi je t'aime. »

7
FIN

Quand j'arrivai chez lui, je fus enfin chez moi. On avait la vie devant nous pour nous dire toutes sortes de mots et faire toutes sortes de gestes. Nous n'avions pas besoin de papier timbré pour cela, pas besoin de visa. On pouvait me contrôler et découvrir sur tout mon corps ses empreintes, son ADN et probablement plus encore.

Après m'avoir une nouvelle fois serrée, avant toute chose il nous ouvrit une bouteille de bourgogne aligoté. Nous bûmes à nous, à notre vraie vie qui commençait. Je ne peux pas dire à quelle heure nous nous sommes couchés ni à quelle heure nous nous sommes levés alors qu'un nouveau jour s'était installé sur le monde.

Ce lendemain de mon arrivée, je téléphonai à Ambroisine, pour convenir d'un rendez-vous. Elle me dit :

« On va parler et parler, on a du retard à rattraper, mais à présent que tu es là, je compte aussi sur toi pour me tresser. Ici, la coiffure c'est trop cher si tu veux être belle et te faire ajouter des mèches ! »

Le surlendemain de mon arrivée, je retrouvai tous les Blancs que j'avais connus à Bangui lors du mariage d'Ambroisine, et Ambroisine aussi bien sûr. Ils me firent la fête et j'héritai en plus de quelques cadeaux pour m'initier à la cuisine française !

*

La semaine suivante, alors qu'avec Rémi nous avions commencé toutes les démarches pour la Sécurité sociale, Pôle emploi et mes papiers de femme mariée à un Français, j'eus une mauvaise surprise. À la préfecture, on me fit remarquer que j'avais un simple visa visiteur sur mon passeport et non un visa de conjoint de Français comme cela aurait dû être !

Non ! Ça n'allait pas continuer, les embrouilles… Que faire ?

Je compris alors définitivement que les Blancs, là, de France, il leur faut beaucoup plus de gris-gris qu'aux Africains pour vivre en paix avec les autres…

Chez le même éditeur
(extrait)